어쩌다 농부

어쩌다
농부

변우경 지음 —

차 례

나머지는 하늘이 하시겠지

바야흐로 농한기다. 모는 그럭저럭 뿌리를 내렸으니 당분간은 잘 살겠지 싶고 감자는 보름 뒤면 수확할 예정이니 별일이야 있을까. 사과원 풀이야 됐다 베면 다 거름이니 그럭저럭 핑계 대기 좋고 고추가 문제인데 까짓 거 좀 덜 먹지, 뭐.

그러니까 바야흐로 그럭저럭이다. 귀농 첫 해, 5,000평 땅에 고추를 심었다. 5,000평 고추 농사라는 게 여의도에서 잠실까지 오리걸음하며 고추 모종을 심는 걸로 시작해야 한다는 걸 진작 알았더라면 귀농, 기꺼이 포기했으리라. 어쨌든 심었으니 돌보긴 하는데 기획서 오탈자 체크하듯 한 포기씩 돌보다가 덜컥 무릎이 고장 났다. 명아주 한 포기쯤,

쇠비름 한 움큼쯤 보고도 모른 척해야 한다는 걸 농사 초보가 알 턱이 있나! 새벽부터 한밤까지 전전긍긍 몸만 끙끙거리다 기신기신 가까스로 수확을 하고 보니 아뿔싸, 태풍도 없는 풍년이로구나. 고추 한 근 팔아 아들 짜장면 한 그릇을 못 사주는 시세에 별 수 없이 빚만 잔뜩 수확했다.

이듬해엔 당연히 고추는 꼴도 보기 싫어 조며 수수 따위 잡곡 농사를 지었다. 그 끝에 얻은 건 서울 사람은 믿을 게 못 된다는 깨달음뿐이다. 봄에는 당뇨에 좋다느니 고혈압에 최고라느니 하며 심기만 하면 다 사서 먹는다기에 판로 걱정은 안 했는데 가을 되니 백미만 사 먹더라. 팔 곳이 없어 농협 수매에 넣고서야 서울로 되돌아가는 귀농인의 처지를 체감했다.

서울살이 꼬박 30년, 마흔이 넘자 배터리가 자주 방전되었다. 죽자고 살고 있는데 사는 건 늘 고만고만하고 남들은 어떻게 사나 둘러보면 또 다들 죽자고 살고 있어서 어어 하다가 쓰러지길 여러 번, 고만고만 사는 일이나마 감지덕지하며 살았는데 월급이 두어 달 밀리자 금방 생활이 불안해졌다. 얼굴 책임은커녕 밥벌이도 책임지지 못하는 마흔은 무참했다. 서울살이라는 게 원래 그러려니 오늘은 간당간당, 내일은 위태위태, 달음박질치면서 견디는 거겠거니 하며 버텨 보려 했는데 아이가 아팠다. 아토피였다. 자고 나면 피와 진물로 옷과 베개가 얼룩졌다. 아이를 둘러싼 환경을 바꿔야 했다.

서울을 다시 생각하게 되었다. 서울이라는 곳은 더 나은 내일을 위한 오늘의 희생을 연료 삼아 유지되는 곳이 아닐까? 내일의 더 넓은 아파트, 내일의 더 큰 차를 위해 오늘의 야근이 당연한 곳이 서울이다. 그런데 돌아서서 생각해 보니 내일은 늘 내일이기만 하고 오늘은 늘 야근이더라. 스무 살에는 야근을 자청했고 서른에는 야근이 두렵지 않았으나 마흔에도 야근이 당연하고 보니 어쩐지 쭉 속으며 살아가는 건 아닐까 싶은 의심이 들었다. 성취에 대한 앞뒤 없는 몰입의 힘으로 노를 젓기는 하는데 방향은 사방팔방, 목표는 오리무중인 유원지 나룻배에 타고 있는 건 아닐까 싶은 불안이 차올랐다.

그래서 물었다. 흔들리는 배보다는 발 디딘 땅 위에서의 삶이 더 낫지 않겠냐고, 귀농에 대해 어떻게 생각하냐고 말이다. 회사 동료들은 '출퇴근 자유로운 직장'이라며 마냥 부러워했다. 용기백배해서 고향에 남아 20년째 사과 농사를 짓고 있는 동창에게도 물었다.

– 농사지어 먹고 살 만하냐?

– 농사보다 주식이 나을걸? 농사보다야 천천히 망할 테니까.

일흔이 넘었으나 아직도 현역 농부인 아버지께도 물었다.

– 금의환향 전에는 택도 없다!

금의환향이라면 급제를 해야 하는데 아버지, 사법고시가 폐지되고 로스쿨로 바뀌었다네요. 절박했으므로 아버지의 농지를 무단 점유하는 걸로 무작정 귀농했다. 까짓 농사, 회사 생활하듯 하면 안 될까 보냐! 출근을 하듯 밭에 나가고 영업을 하듯 작물을 돌보면 되겠지 했는데 회사 생활하듯 지은 고추 농사는 퇴직금도 없이 서리를 맞았다. 된서리를 맞아 폭삭 내려앉은 고추밭을 보면서 정리한 농사짓는 요령 하나, 출근하는 시간에 밭에 나가면 한여름 땡볕에 쪄 죽을 수 있다. 둘, 영업하듯 작물을 돌보면 어깨고 무릎이고 남아나는 게 없다. 셋, 농사는 농부가 반 짓고 하늘이 반 짓는다. 그러니 안달복달 말아라.

농부의 몫은 때를 기다려 거름을 뿌리고 밭을 갈고 두둑을 짓고 씨를 심고 잡초를 뽑아 주는 일까지다. 농부의 몫을 뺀 나머지는, 바람이 불어 자두 꽃이 수정되고 봄비에 감자 싹이 나고 더위에 옥수수수염이 마르고 따가운 볕에 사과가 붉어지는, 모두 하늘의 몫이다. 농부는 그저 삽을 들고 물고랑을 내거나 논두렁을 고치면서 싹이 나고 자라고 꽃 피고 열매 맺는 그 곁을 가만히 지켜 주면 그뿐. 사람이 하는 일은 별 게 아니구나를 겸손하게 알아 가는 일이 농사의 시작이라는 걸 세 번째 봄에서야 겨우 깨달았다.

오로지 수확만 바라보던 농사에서 눈을 돌리니 거기 찔레꽃이 있었다. 내 발 아래 망초 꽃이, 내 손 닿는 곳에 애기똥풀꽃이 이렇게 예뻤었나. 땅콩도 꽃을 피운다는 걸 여태 몰랐구나. 나는 여태 무슨 생각으로 농사를 지었을까.

서울에는 서울 나름의, 이 골짜기에는 골짜기 나름의 질서와 리듬이 있다. 그 사람이 타는 차의 크기로 잽싸게 상대를 가늠하던 서울의 기준을 이곳으로 고스란히 가져왔으니 당연히 몸이 고달프고 마음이 가난할 수밖에. 차가 무슨 소용일까, 고개 너머 논에 뿌릴 웃비료를 싣자면 차보다야 경운기다.

그렇게 감자를 심었다. 심는 것까지는 내 몫, 나머지는 하늘이 하시겠지 하는 마음으로. 그렇게 사과 농사를 지었다. 적과만 끝내 놓으면 나머지는 바람과 볕이 알아서 하시겠지 그랬더니 참으로 오묘하게 알아서 하시더라. 봄 가뭄에 감자 싹이 날 둥 말 둥 씨감자 값이나마 건질 둥 말 둥해서 속이 시커멓게 타는 중에 참깨는 가물어 제 세상이라고 온 밭이 환하게 깨꽃을 피우더라. 수확 날 아침 폭우에 옥수수가 몽땅 쓰러져 이깟 농사 개나 주지 싶다가도 굳이 쓰러진 옥수수를 먹겠다 주문하는 사람들을 보면 그래도 내가 여태 헛살지는 않았구나 싶더라. 하늘이 하시는 뜻을 일개 농사꾼이 어찌 다 알까!

그러니까 이제는 잠시 허리를 펼 때다. 고추 첫물 딸 때까진 설렁설렁, 아오리 딸 때까진 농한기, 때마침 장마라 비는 오고 아침부터 막걸리 추렴이다. 바야흐로 농한기, 바야흐로 그럭저럭.

오뭇골에서 변우경

winter ❄

1

겨울

겨울내 얼다 녹다 얼다 녹다 보면 진짜 농부가 될까요

곰곰 생각해 보니 올 2월 고추씨를 비닐하우스에 뿌린 이후 농사일이 계획대로 된 적이 없더군요. 꽃은 언제나 예상보다 일찍 피고 바람은 짐작보다 세게 불었으며 비는 기대보다 더 자주 내렸습니다. 기상예보를 챙기고 쟁기에 묻은 흙을 털며 나름 준비한다고 했지만 늘 일은 뒤로 밀려 이웃들이 고추 세 물을 따고 있을 때 저는 아직 첫물도 채 따지 못하고 있더군요. 그렇게 밀린 일이 결국 이 지경까지 왔어요.

　네, 아직 고추밭에 비닐을 다 못 걷었습니다. 과수원에 깔았던 필름도 채 못 걷었고요. 하우스 안 고춧대는 여전히 풋고추인 상태로 얼어 버린 고추를 매달고 있습니다. 사래

긴 밭 서숙대도 베어 묶어 놔야 불쏘시개로 쓸 텐데요.

일이 이 지경이 된 건 당신 탓입니다. 처음 당신이 사과를 주문했을 때 저는 생각했습니다. '이것만 배송하고 남은 건 공판장에 팔고 고추밭 설거지만 끝내면 올 농사 끝!'. 그런데 '이것'만 배송하고 끝나지 않더군요. 당신은 당신 친구에게도 권하고 직장 동료에게도 권하고 이웃에게, 친정 엄마에게, 시댁 어른에게, 사돈댁까지 제 사과를 권하셨습니다. 그렇게 권유받은 당신의 친구와 직장 동료와 이웃과 친정 엄마, 시댁 어른, 사돈은 각각 또 그렇게 친구와 동료와 이웃과 친정으로 권하는 바람에 결국 저는 아침부터 저녁까지 주문받고 정리하고 송장 쓰고 사과 선별하고 포장하고 배송하는 일에 매달려야 했습니다. 고추밭은 저렇게 을씨년스럽게 팽개쳐 두고요.

네, 고맙습니다. 온 마음을 다해 고맙고 감사해서 이 새벽 혼자 훌쩍거리는 중입니다. 당신은 그저 사과 한 상자 주문했을 뿐이라고 맛있어 권했을 뿐이라고 말씀하실까요. 당신의 주문과 권유가 마흔 중반의 서울 부적응 귀농자에게 이렇게 들리는 걸 당신도 아실까요.

— 당신, 여태껏 그럭저럭 잘 살았어.

스무 살 앞뒤 없는 열정은 벌써 옛말, 생존을 건 탐색에 몰두하던 서른도 지나고 벌써 마흔 중반. 마흔이 넘고서야 겨우 내가 어떻게 살고 싶어 하는지 알았는데 알고 나서도 이게 맞긴 한 걸까 늘 의심스러웠는데 당신이 어깨를 투덕거려 주시는군요.

— 잘 살았고 지금처럼 살아.

지난주에는 이장님 댁 단무지 무를 뽑고 무청을 얻어 시래기를 넣었습니다. 시래기는 겨우내 이곳의 긴요한 찬거리가 될 겁니다. 그곳에는 어제 눈이 왔다고요. 친구 녀석은 전화로 '첫눈이라고 우겨서 애인 불러낼 만큼' 왔다는데 애가 둘인 녀석이 애인 타령인 걸 보니 첫눈은 나이와 상관없는 이벤트겠지요. 이곳에는 얼음이 얼었네요. 저 무청도 얼다 녹다 얼다 녹다 바람에 얼음 낀 겨드랑이를 오스스 녹여 가며 시래기가 될 겁니다. 겨우내 저도 얼다 녹다 얼다 녹다 보면 진짜 농부가 될까요? 그랬으면 좋겠습니다.

아내는 학습 능력이 동급생에 비해 뒤처지는 초·중등생을 가르친다. '나머지공부' 전담 선생님이랄까. 그중에는 '8'과 '여덟'이 같은 수라는 걸 모르는 초등 2학년생도 있고 'student'를 'study'로 읽는 중등 2학년생도 있다. 놀기만 좋고 공부는 지독하게 싫다는 공통점이 있는데 녀석들의 한결같은 소원은 빨리 고등학교를 마쳤으면 좋겠다는 것이다. 대학은 어차피 안 갈 작정이니 고등학교만 졸업하면 '자유'이기 때문에?

알고도 남지, 그 소원. 고등학교만 졸업하면, 대학만 들어가면, 취직만 하면. 저 앞에 있는 생의 모퉁이를 돌기만 하면 밥벌이는 저절로 해결되고 사랑쯤 신발 끈을 묶듯 쉬울 줄 알았다.

신발 끈으로 뜨개질을 해도 될까 말까 한 게 사랑이란 걸 미리 알았더라면 학교생활에 좀 더 충실했을까? 밥벌이의 비루함을 진작 알았더라면 '야자' 땡땡이쯤 미련 없이 포기했을 테다. 회사 생활을 견디기 힘들었던 이유 중 첫 번째는 방학이 없다는 거였다. 야자를 견디는 힘은 졸업이고 군 생활도 전역만 바라보며 버텼는데 회사 생활에는 쉼표나 마침표가 없었다. 있다면 정년퇴직 달랑 하나인데 정년퇴직은 무슨, 명퇴나 과로사가 먼저겠지.

그래서 농부가 되었다. 방학이 있는 '유이'한 직업! 요즘은 선생님도 방학에 하루 걸러 연수고 당직이라 쉴 틈이 없단다. 하지만 이 무렵 농부는 평일 아침 10시에 까치 머리를 하고 슬리퍼를 끌고 막걸리를 사러 가도 "고생하셨네" 덕담을 듣는다. 눈이 오는 것으로 시작되니 평생 첫사랑 같을 테다. 설레는 방학, 농한기.

벌써 장작더미가 낮아지는가, 일찍 춥더니 눈이 잦다. 소한 대한이 멀었는데 겨울은 저 혼자 깊어져서 내성천을 얼리고 얼음 아래로만 자맥질을 하고 있다. 얼음이 꽝꽝 얼어도 썰매를 탈 아이가 없는 마을. 늙은이들 경로당에 모여 도리짓고땡을 치면 기왕지사 '황'된 인생이어도 가끔은 갑오도 나오고 더러는 장땡도 나온다. 구구리에 망통이면 어떻고 심심새에 한 끗이면 어떤가. 낮술에 취하긴 매일반. 어스름에 돌아와 군불을 넣는다.

맞변˚을 빌리던 시절도 있었다. 부살개˚에 솔가지를 얹고 성냥을 그으면 열기보다 먼저 번지는 연기. 그때는 봄에 10만 원을 빌려서 가을에 20만 원 갚는 맞변을 어떻게 견뎠나 몰라. 그래도 죽으란 법은 없어서 너른 들 스무 마지기 안 팔고 버텼다. 장작을 넣으면 처마 밑까지 환해서 저 차가운 어둠도 두렵지 않은데.

늙어서야 겨우 알았네. 정작 두려운 건 어둠도 아니고 빚도 아니고 아궁이 앞에서도 무릎이 시린 생의 한기라는 것을. 가마솥의 물이 쉬이익 끓고 장작 두어 개 더 넣으면 새벽까지 아랫목이 설설 끓는데도 피할 수 없더라. 입김을 내쉬며 대문 밖에 서 있는 저 고요한 한기. 아궁이 깊이 장작을 밀어 넣고 대문 밖을 가만히 바라보다 고개를 들면 겨울바람에 부지깽이별만 풀풀 날린다.

˚ 맞변 : 빌린 돈을 두 배로 변제하는 사채.
˚ 부살개 : 불쏘시개의 강원 지역 방언.

나는 농사라는 게 몸으로 짓는 건 줄 알았다. "마님! 장작은 어디다 쌓을깝쇼?" 도끼 들고 고봉밥 먹고 웃통 벗고 땀 흘리면 그 땀을 거름 삼아 농사야 저절로 되는 거 아니겠는가?

근데 진짜 농사를 지어 보니 농사는 땀으로 짓는 게 아니라 기름으로 짓더라. 뭘 심자면 우선 밭을 갈아야 하는데 그 밭, 소 아니라 트랙터로 간다. 관리기로 밭두둑을 지으려 해도 휘발유부터 사야 기름 태워 만든 전기로 모터 돌려서 물 주고 그러더라.

품이 귀하니 어지간한 건 혼자 해결해야 하는데 혼자 삽 들고 도랑 치는 일 한나절이면 "아이고, 마님!" 소리가 저절로 난다. 해서 굴삭기 교육을 받기로 했다. 노느니 장독 깬다고 이 농한기에 놀면 뭐할까. 농업기술센터에서 공짜로 교육시켜 준단다. 그런데 나만 장독 깨고 있었던 건 아니었나 보다. 벌써부터 모여서 하는 술추렴 궁리가 엔진 소리를 덮는다.

아침에 수환이네 비닐하우스를 지어 주러 갔는데요. 영하 몇 도라던가 땅이 얼어 일이 안 되니 오후에나 보자더군요. 한참을 앉았다가 다시 집으로 왔는데 먼 데서 시집이 왔습니다. 날은 추운데 방 안에 드는 볕이 참 좋아서 볕 아래 앉아 시를 읽습니다.

'그 여자네 국숫집'*에는 이맘때 '눈밥이 고봉으로 쌓이고', '서로 말없이 걷어 올리는 연민' 같은 젓가락질 소리 '후루룩후루룩' 들린다네요.

그런 날이 있지요. 날이 추워 일은 안 되고 손이 곱아 삭정이를 줍는 일에도 바늘에 찔린 듯 아픈 날이 있지요. 그런 날에는 일단 삭정이를 모아다가 불을 놓습니다. 불은 후루룩후루룩 국수물 김 올라오듯 연기를 피워 올리다가 어느 순간 번쩍 하고 타오르는데 우선 손부터 녹이고요, 마른 등걸도 좀 넣어야지요.

그다음에는 주전자를 올립니다. 물이 끓는 사이 신발을 벗어 화톳불 곁에 두면 꼬릿꼬릿 김이 오르고 낙엽송을 하얗게 덮은 서리도 아침볕에 녹으며 흐린 김을 피워 올리는데요, 뒤돌아 엉덩이를 덥히면 어디 힘 있는 '빽'이라도 생긴 양 든든합니다. 국수를 삶았음 싶지만 컵라면이 어딘가요. 땅이 녹자면 아직도 한참, 되는 일도 없고

• 그 여자네 국숫집 : 장은숙의 시. 같은 제목의 시집이 있다.

안 되는 일도 없는 이렇게 춥고 시린 날에는 그저 후루룩후루룩.

　　　　　　　　　　　허영만, 아다치 미츠루, 이현세, 우라사와 나오키, 박봉성, 히로카네 켄시, 황미나, 사사키 노리코를 아는 이라면 긴 겨울 밤 그들만이 줄 수 있는 즐거움을 알 터! 이불은 깔았으되 맨바닥이 더 좋고 엎드렸다 누웠다 앉았다 섰다 베개를 안았다가 깔았다가 오줌보가 터질 때까지 그 한 페이지를 마저 보느라 버티던 쫄깃함과 설렘, 머리맡 가득 쌓아 놓기만 해도 느껴지던 흐뭇함이란.

　만화책만이 줄 수 있는 그 이상한 질감의 희희낙락은 PC나 스마트폰으로는 애당초 대체 불가다. 하여 만화방이나 도서 대여점을 찾았으나 이 동네에서는 멸종 혹은 멸문. 도시에서는 만화카페라는 이름으로 다시 부활해서 성업 중이라는데 만화책을 읽을 아이들이 절대 부족한 시골에서는 언감생심이다. 그런데 이게 웬 떡? 도서관에서 만화책을 찾았다. 유레카! 공룡 화석을 발견한 이의 기쁨이 이런 것이겠지.

여기 도서관은 신간이고 구간이고 빌려 가는 사람이 없어 오롯이 내 개인 서재다. 심지어 신간을 신청하면 일주일 만에 구입해설랑 '구비하였으니 빌려 가세요' 하고 문자도 보내 준다. 오늘은 이용해 주셔서 고맙다며 고급 져 뵈는 스마트 터치펜까지 주시니 이 아니 고마울소냐!

농한기 농부는 주로 전업주부지만 가끔 자전거 여행자가 된다. 여행지가 제주인 건 따뜻한 남쪽 나라이기 때문. 섬을 돌다가 작은 포구 다방에 들렀다. 마담은 쫄바지를 보더니 '어머, 별꼴이야!' 하는 표정. 그러거나 말거나 커피 한 잔이요.

– 어디서 오셨어요?

– 경북 봉화라고 아실래나요.

– 아, 노무현 대통령 거기마씨?

– 거긴 봉하구요.

사람 사는 속내야 거기서 거기겠거니 하면서도 저 바다의 사정이 궁금해 들어간 다방. 저 작은 포구에 배를 대는 동네 어부들의 사랑방인 것 같은데 마담은 뭍사람이 귀찮다.

- 자전거 타면 힘들지 않아요?

- 대신 바다를 실컷 보잖아요.

- 오늘은 날이 좋아 자전거지만 바람 많은 날에는 앞으로 밟아도 뒤로 갈걸요.

그랬을라나. 그래도 이만큼이나 왔는데, 바람이야 늘 있었지만 그래도 여기까지, 저 오랠수록 빛나는 바다를 보러 이곳 제주까지 왔는데. 사실 빛 따윈 헛것이고 바다는 텅 비어서 그물에는 자주 절망이, 드물게 옥돔이, 그래서 이 다방에는 얼굴 주름마다 염전을 일구는 늙은 어부들만 죽치고 있다는 사실쯤 다방 문을 여는 순간 알아챌 만큼 나이를 먹었는데. 그래도 제주의 바람은 거세게 불고 내 자전거는 가끔 뒤로 가려나.

- 그런데 마담은 제주 사람이 아닌가 봐요. 사투리를 안 쓰시네요.

- 사투리 말이우꽈? 제주도 사투리 말호민 무신 거옌 고람 신디 몰르쿠게?

눈이 온다지. 대설주의보가 내린 밤, 흐린 국물에 밥을 말아 저녁을 먹다가 날도 흐리고 사는 일도 흐려서 먹다 말고 막걸리를 사러 나선 길이다.

　강아지풀 같은 버스가 지나가더라. 6시면 앞산 뒷산 캄캄하고 이 골 저 골 쏟아지는 어둠으로도 충분히 막막한데 강아지 눈 같은 등을 켜고 막차가 지나가더라. 막차는 빈 차다. 눈은 올 둥 말 둥 사람도 탈 둥 말 둥 한데 막차는 저 혼자 환해서 반딧불이 같더라. 이팝나무 가로수 이쪽에서 깜빡이다 저쪽으로 깜빡 멀어지며 아득하게 깜빡거리더니 가뭇없이 사라지더라. 사라지며 남기는 저 흐린 희망을 생각하다가 '아차, 막걸리!' 하는데 또 눈이 내린다. 풀풀 밥알 같은 눈이 날린다.

　시어머님 죽으라고 백일 불공을 드렸더니 친정 어마이 죽었다고 부고가 왔네. 아리랑 아리랑 아라리요 아리랑 고개로 나를 넘겨 주소.

　그 아리랑 고개가 얼마나 높았던지 노래는 고개를 넘지 못하고 묻혀 있다가 지역의 소리발굴사업을 통해서야 봉화아리랑이 겨우 알려졌다. 하기야 나를 버리고 가는 님이 진도, 정선, 밀양에만 있었으려고. 산은 높고 골은 깊어 척박하고 가난한 마을이다. 보이느니 하늘이요 들리느니 시어머니 잔소리라 오죽하면 백일 불공을 드려 시어머니 죽기를 빌었을까.

그렇게 모질던 세월도 고개를 뭉개며 뚫린 신작로를 따라 헤프게 흩어지고 첩첩산중으로 시집 온 새색시는 귀 어두운 할매가 되었다. 고된 살이에 위로가 되던 아리랑 한 자락을 아는 이도 이제는 두엇뿐. 환한 무대조명 아래 부르는 노래에는 어둑한 저녁 부뚜막 높은 부엌에서 생솔가지 태워 짓는 밥 냄새가 묻어 있다. 생솔가지 연기는 맵고 매워 눈물 나는데 질금질금 흐르는 눈물이 연기 때문인지 고달픈 살이 탓인지 알 수 없어라. 나는 그저 늙었고 나 죽으면 이 노래를 아는 이도 없어지겠지. 그래도 오래 살아 이런 자리, 귀한 이들 모셔 놓고 노래할 수 있으니 생은 모를 일 투성일레라. 돌아가는 저녁에는 눈이 오겠네.

겨우살이 봉화에서 마음 봉화 피워 놓고 세상 설움 태우려니 시름 많고 생각 많다. 아리랑 아리랑 아라리요 아리랑 고개로 나를 넘겨 주소.

'억지춘양'이다. '억지춘향'이
아니고. 변학도의 수청 억지에 쑥대머리 칼을 쓰고 오매
불망 '서방님, 나 좀 구해줍서' 하던 춘향이에게서 비롯
된 말이 아니란 얘기다. 억지춘향이란 말은 춘향이 애인
이 방자였단 식의 억지. 억지춘향 아니라 억지춘양이 어
째 정설인가 하면,

옛날 고래등 같은 집을 짓자면 소나무가 필수인데 굳
고 곧기는 이곳 경북 봉화 춘양의 춘양목이 제일이다. 흔
히 부르는 금강송이 곧 춘양목인 바, 이곳 춘양에서 많
이 난대서 그리 이름 붙였겠지. 궁궐 짓던 도편수가 보기
에 이건 분명 여주쯤에서 자란 소나무건만 목재상은 자
꾸 우기는 거지, 춘양목이라고. 그래서 억지춘양이란 말
이 생겼단 설이 하나!

영주에서 강릉 가는 기차 노선은 원래 춘양을 거치
지 않도록 설계되었는데 자유당 시절 이곳 출신 정 아무
개 정치인의 '어흠!' 한 번에 억지로 노선이 바뀌어 '억지
춘양'이 되었단 설이 두 번째! 이곳 기차 노선이 딱 오메
가(Ω) 모양인 걸 생각하면 이게 더 신빙성 있긴 하지만
그렇기로서니 그 억지춘양을 저렇게 턱하니 마을 브랜
드로 쓰는 건 좀 아니지. 한바탕전주, 다이나믹부산, 춘

향남원, 로맨틱춘천, 해피700평창, 하늘내린인제 간판 옆에 억지춘양이 서 있다 생각해 보자고. 춘양 면민이라면 전출가고 싶을 테다. 그런데 또 곰곰 생각해 보니 뭐 어떠랴 싶긴 하다. '파인토피아'가 공식 브랜드인 봉화인데, 뭘. 파인토피아란다. 아오~ 진짜!

P.S. 춘향이는 없지만 몽룡이는 있다. 봉화 관광지 중에 '이몽룡 생가'라는 곳이 진짜 있다. 이몽룡의 실제 모델이었던 성이성 선생이 태어난 '계서당'을 저렇게 홍보하는 건데, 관이 하는 일이 다 그렇지 하며 넘기기엔 낯이 뜨겁다. '신데렐라 생가', '피터팬 생가'가 있다고 생각해 보라. 억지춘양으로 유명한 파인토피아의 이몽룡 생가. 아이고.

939,852,402.1킬로미터의 거리를 달려 지구가 제자리로 돌아오는 1년 동안 나는 30년 만에 고향으로 돌아와 밭을 갈고 씨 뿌리고 자두 꽃에 넋을 잃다 문득 마흔 중반의 농부가 되었다.

생각해 보니 상상하기도 힘든 거리를 겨우 365일 만

에 돌아오자고 107,218km/h의 속도로 달리는 지구 위에서 떨어지지 않고 버티는 것만도 참 용하다 싶다. 버티기도 버거운데 또 무슨 성취까지.

그러니 '지. 금. 여. 기.'에만 집중할 것! 내일 따윈 내일 살면 되지, 뭐. 지금 여기에서 최선을 다해 행복하자.

새벽에 깨어 날이 밝는 동안을 멀거니 지켜보는 일은 난감하다. 겨울 새벽은 깊어서 날이 밝자면 아직도 한참인데 화장실을 다녀오면 잠은 벌써 강원도 영월쯤으로 달아난다. 오도카니 남겨진 이 물컹물컹한 시간은 간밤에 어설프게 마신 막걸리 탓이다. 쌀이나 안칠까, 너무 이른데, 새벽 산책을? 이 추위에!

할 수 없이 커피를 내린다. 잠은 글러 먹었고 무얼 하나. 밀린 주간지를 읽을까, 비닐도 못 벗긴 게 몇 주였더라. 올 농사는 뭘 심지? 고추값이야 안 봐도 똥값일 테고. 내가 거름을 과수 전용으로 신청했었나? 저 유시민 책은 석 달째 프롤로그만 읽고 있네. 그러게, 정말 '어떻게 살 것인가'다. 이런 겨울 새벽에는 맑고 깊고 고요한 물속으로 자맥질해서 아무도 없는 동굴쯤으로 들어가고 싶다. 더는 신기한 것도 없고 사랑도 늘 새삼스럽지는 않아서 내일에 대한 기대 따위 흥! 심드렁한데 시인이라도 되면 생의 건너편을 볼 수 있을까.

생이 오로지 벌어먹고 사는 일로만 계획되어 있진 않을 거란 근거 없는 믿음만 간절하고 나머지는 오리무중, 오리무중. 마흔 중반쯤이면 어쩌다가, 혹간, 가뭄에 콩 나듯, 술 취해 길바닥에 철퍼덕 이마를 박을 때라도 한 번, 번쩍하고 그것들이 보일 만한데. 보이기는 개뿔, 숨이 차서 물 밖으로 나온다. 어푸푸! 후아!!

저 작은 지팡이의 주인은 두룹실 장씨 할배다. 지팡이 없으면 한 걸음도 힘든 노인. 날도 추운데 집에 계시잖고요. 집에 있으면 심심하잖은가.

그렇지, 다들 심심하시지. 겨울철 농한기 심심한 노인들을 위해 매일 아침 경로당이 열린다. 오픈은 아침 연속극이 끝난 뒤. 연속극이 끝나면 이 골짜기, 저 언덕에서 노인들이 온다.

남녀가 유별하니 '할마이경로당'은 마을 회관, '할바

이경로당'은 다리 건너. 날이 추울수록 오픈 시간이 빨라지는 건 경로당이 집보다 따뜻하기 때문이다. 올겨울 면에서 난방비를 이상하게 많이 줬네? 아, 선거가 있다!

할마이경로당은 오픈하자마자 쌀부터 안치고 착석. 시래기에 김치 한쪽이라도 같이 먹으니 꿀맛이지, 영감 가고 혼자 먹는 밥은 에이 징그러.

밥이 되는 동안 구이장댁은 판을 깐다. 군용 모포가 깔리면 둘러앉아 주섬주섬 고쟁이 속 동전을 꺼내는 게 순서다. 초단이야 청단이지 풍약에다 비약이로구나. 오늘은 예안댁 끗발이 오르는 날. 아, 글쎄 많이 따는 날은 3,000원도 딴다니까! 하지만 따는 날보다 잃는 날이 많아야 서로의 끗발을 챙기지. 예안댁 앞에 수북한 저 10원짜리는 몇 년째 고쟁이 속만 옮겨 다녔을 터. 그나마도 밥 먹자고 판을 접을 때면 도로 다 돌려준다. 왜요? 도로 줘야 또 놀지. 화투는 그저 핑계. 어제의 멤버가 별일 없이 오늘 나와 주는 것만도 감사하고 고마운, 여기는 화투 공동체.

할바이경로당은 냄새부터가 다르다. 문을 열면 곰방대에 담배 아니라 올드스파이스를 넣어 피운 듯한 비릿함이 느껴지는데 영락없는 쇠멸의 냄새다. 그래도 70대는 젊다고 고스톱을 치고 쪼글 영감들은 장기판에 모였다. 켜둔 TV는 종편 고정.

월급 주는 아지매가 차린 점심을 먹고 나면 커피 내기 '쩜백' 순서. 오늘은 만석봉다방 차롄가. 어제가 청운다방이었으니까, 맞을걸? 새로 온 아가씨가 박양이라지? 박양은 본전다방이고. 몸은 경로당이더라도 마음만은 씨름판인데 정작 배달 온 이는 만석봉다방 사장. 어허, 아가씨는 어디 가고? 아가씨는 2,000원짜리 배달 보냈지. 원래 커피값은 2,000원인데 경로당에서 먹는 커피만 1,500원이라지. 오, 위대한 경로 우대!

이곳에 내려와 가장 많이 들었던 말. 우예 왔노, 농사가 고생인데. 남들 다 가지 못해 안달인 서울 살다 어찌 왔냐는 말씀인데 처음에는 마땅히 대꾸할 말을 찾지 못했다. 평생 농사짓느라 주름이 밭고랑보다 깊은 어르신께 '농사 설렁설렁 짓지요 뭐, 사는 게 별건가요'라고 할 수는 없지 않나!

그러다 비 오던 여름의 어느 평일 아침, 아이와 아내와 셋이서 아침을 먹다가 그 답을 찾았다.

- 서울은 사는 게 고생이지만 여기는 농사만 고생이 잖니껴.

살아 보니 서울은 가족끼리 평일 아침 함께 아침을 먹고 저녁이면 집에 돌아와 다시 식탁 앞에 모이는 일이 초모룽마* 무산소 등반보다 어려운 곳이더라. 주말은 밀린 잠을 자는 날이거나 주중 아이와 놀지 못한 빚을 이벤트로 갚는 날이다. 죽자고 살아도 살기 힘든 곳이 서울인데 나는 그냥 살고 싶었다. 아이가 이가 나고 걸음마를 떼고 말을 배우고 유치원에 가며 자라는 그 시간 속에 그냥 함께 아침 먹고 저녁 먹고 다시 아침 먹고 저녁 먹고 더러 아내와 다투면서 그냥 말이다.

내성천이 얼지 않는 1월은 처음이다. 얼었다가 썰매장이었다가 고무 얼음이었다가 기어이 흔적 없이 녹고서야 부스럭부스럭 거름 내러 나가던 예년을 생각하면 불안해 죽을 지경이다. 올해는 또 얼

• 초모룽마 : 에베레스트산을 이르는 말. 히말라야가 위치한 네팔에서는 이 봉우리를 '사가르마타(하늘의 이마)'라 하고, 티베트에서는 '초모룽마(세계의 어머니신)'라 한다.

마나 가물고 뜨거우려고 벌써 이러나, 북극곰의 심정이 이럴 테지.

열에 셋도 못 버틴다는 귀농 3년 차를 넘긴 지 한참이면 〈The winner takes it all〉*이라야 하는데 농협 빚을 갚고 나니 빈털터리. 〈살아남은 자의 슬픔〉*을 알아주는 건 막걸리밖에 없어서 오늘도 마셨더랬지. 한때는 마이크로 브루어리를 즐겨 찾던 '맥덕'이었고 한때는 그랑 크뤼* 맛보기를 소원하던 애주가였으나 다 헛일. 취하고 나면 로마네 콩티나 국순당 막걸리나 오십보백보다. 막걸리의 영문명이 rice wine이란다. 해서 얻은 결론은 막걸리도 와인이라는 좁쌀 지게미 같은 깨달음. 사는 건 다 거기서 거기인데 고만고만한 생이나마 공짜는 없어서 새벽부터 논두렁에 풀을 베고 재 너머 사래 긴 밭 다섯 마지기를 다 갈아도 지게미 한술을 얻어먹기 힘들다.

어쩔 수 없다. 원래 생이란 놈이 그렇게 생겨 먹은 걸, 그나마 농부가 되고서야 알았지. 평생 모르고 살 뻔했는데 허리까지 빠지는 무논을 삶다가* 퍼뜩 깨달았다. 누구

---

* The winner takes it all : 1980년 발매된 아바Abba의 싱글 앨범이다.
* 그랑 크뤼Grand Cru : 프랑스 부르고뉴나 알자스 지방에서 최고급 포도원이나 최고급 와인을 만들어 내는 마을을 가리킨다.
* 논을 삶다 : 비 온 뒤 물이 괴어 있을 동안에 논을 가는 일.

나 안간힘을 다해 사는구나. 가까스로 경운기를 밀면서, 가까스로 바닥에 발 디디면서, 이 진창을 허우적대다 보면 더러는 마른 논이 나올 거라는 희망으로 버티는구나.

그러니 더 버텨 봐야지. 그냥 버티기는 심심하니까 저기 지나는 구름더러 소나기도 좀 뿌려 달래고 저기 흔들리는 청밀더러 같이 흔들리자고 꼬드길란다. 거기서 거기인 생이나마 바람 같은 결이라도 새겨 넣으면 조금은 더 아름답지 않을까 하고.

오죽 먹을 것이 없었으면 간고등어랴. 그깟 비린 맛을 보겠다고 소금 소태나 다름없는 생선을 이고 지고 굽이굽이 산맥을 넘는 사이 여기 사람들은 갈비로도 성에 안 차 떡갈비 생각을 하셨던 게지.

첩첩산중 농사꾼이 해마다 농협 빚 갚기조차 버거운 건 분명 선진 문물을 배우지 못한 탓이다. 선진 농업 견학을 핑계 대고 떠난 호남행. 전주가 가깝더니 산이 안 보이네. 우예 산이 안 보이는 동네가 있나. 저 눈 닿는 천지가 다 논이고 밭이라니, 세상에나!

전라도가 처음인 아내는 가도 가도 먼지만 이는 황톳길을 땟국물 찌든 아이가 지게 지고 걷는 이미지를 상상했다지. 여보, 조정래 소설 속 이미지는 그때의 호남이 아니라 지금의 우리 동네라고. 땅이 저리 넓으니 물산도 풍부하고 물산이 넉넉했으니 맛과 멋이 절로 넘쳤겠지.

척박한 골짜기에 초막을 짓고 주린 배에 냉수를 마시면서도 수염을 배배 꼬며 에헴 기침 소리만 가다듬던 영남 유림과 넓은 들 가운데 정자를 짓고 소리꾼을 불러 동편제와 서편제의 차이를 즐기던 호남 선비를 비교해 보라. 지역을 차별하고 지역감정을 조장해서 정치적 이득을 누렸던 TK세력의 권력욕은 이 끝없는 대지에 대한 부러움과 열등감, 시기, 질투에서 비롯되었을 거야. 에이, 쫌팽이들!

쫌팽이들이 만든 기득권을 알게 모르게 누렸던 영남인으로서 반성하고자 5·18 기념공원을 들렀다. 극적인 조형물을 배경으로 주민들은 느리게 산책 중. 형민아, 우리가 이렇게 마음대로 여행하고 산책할 수 있는 건 저기 저 동상 속 광주 시민들이 나쁜 놈들과 싸우며 희생했기 때문이란다. 응, 그렇구나. 그런데 광주에서는 포켓몬 카드를 어디서 팔아?

금남로에서는 팔지 않을까 하고 갔다가 발견한 역사적인 상호, 허바허바사장. 저 간판 아래 얼마나 많은 피가 흘렀었나. 피 묻은 함성으로 자음을 삼고 민주에 대한 간절함으로 모음을 삼아 이루어진 이름, 금남로. 6시 촛불 집회가 예정되었으니 아침부터 비워 두는 게 당연한 곳, 금남로. 저 비어 있음이야말로 이 위대한 도시 광주의 위엄이다.

커피가 모처럼 맛있게 볶였다. 볶을 때마다 생각한다. 이게 무슨 지랄이람!

깊은 프라이팬에 생두를 넣고 뚜껑을 닫고 한 손은 손잡이를, 한 손은 뚜껑을 잡은 채 중국집 간짜장 볶듯이 팬을 까불면 되는 이 간단한 노릇이 왜 지랄이냐고? 집 안에서 숯을 만든다 생각해 보라.

연기는 우주를 덮고 껍질은 화산재처럼 날린다. 스프링클러가 있었으면 진작 터졌으리. 화생방 훈련장 그 아비규환 속에서 조금만 더, 더 외치며 원두색을 살피는 짓을 누가 멀쩡하다 말할까.

그 지랄을 매번 감수할 만큼의 맛이냐고 묻는다면

글쎄, 믹스커피는 믹스커피 나름의 맛과 세계가 있고 나는 그저 녹차나 콜라를 선택하듯 원두커피를 선택했을 뿐이다.

이렇게 말할 수는 있겠다. 새벽 3시에 잠이 깨어 마흔 중반의 생에게 안부를 묻는 이 데면데면한 시간에는 그래도 믹스커피보다는 어울리지 않을까 하고.

눈이 큰 산을 넘습니다. 저 멀리 큰 산을 넘는 눈구름이 보입니다. 큰 산을 넘어 이 작은 마을로 내려오는군요. 구름이 닿기도 전에 척후병처럼 미리 눈이 날립니다. 그 추위를 어찌 견뎠나 싶은 자작나무 숲을 지나, 서로 헐겁게 손잡고 바람을 견디는 낙엽송 사이를 지나, 저 가볍고 차가운 얼음덩이는 외딴집 외딴 마음에 닿는군요.

네, 외딴 마음입니다. 추운 탓이겠지요. 눈구름이 곧 닥칠 텐데 마흔 중반에도 여전히 모자며 장갑 따위를 어디 뒀는지 찾느라 허둥지둥입니다. 생은 언제나 느닷없고 눈구름은 벌써 저만큼이나 내려왔는데 남은 택배 작업을 빨리 끝내고 집으로 돌아가야 하는데.

마음이 이상하군요. 벌써 눈발 속에 오리나무 숲이 보이지 않습니다. 제 앞으로 솨아아, 소나기처럼 몰려오는 눈발을 멀거니 보고 있자니 마음이 이상하군요. 마른 먼지 냄새 같기도 하고 오래된 냉장고 냄새 같기도 한 것으로 마음이 이상합니다. 그리움이었다가 겸연쩍음이었다가 더러는 민망함 같은 것으로 뒤숭숭합니다. 뚜렷한 건 저 눈발처럼 몰려오는 두려움. 잘 살고 있는 걸까, 눈발은 더 거세지는데 안경에 닿은 눈이 녹아 자꾸 앞이 흐려지는데.

　　　　　　　　　　며칠째 눈이 내렸다 바람 불었다, 해가 쨍쨍, 어라 비 오네, 저 눈발 좀 보라지, 아주 난리를 피우고 있지만 그러거나 말거나 나는 계속 고추씨를 안 사고 방바닥에 누워 버티는 중! 내가 버티는 만큼 농한기는 계속 늘어나 기다리다 못한 고추가 저 혼자 꽃 피우고 사과가 저 홀로 열매 맺으면 얼마나 좋을까 싶지만 개님 풀 잡숫는 소리. 오늘은 나가 볼까 하는데 아차차, 대보름일세. 서울에서야 땅콩 몇 개 까먹으면 지나

가지만 이곳의 대보름은 해마다 림팩훈련*이라 동리별, 농민회, 청년회, 작목반 각 모임별로 벌어지는 윷놀이에 불참했다가는 고추 딸 때 품도 못 얻으리. 하여 고추씨는 다음 주에나 사는 걸로.

　　　　　　　　　지난 주말 서울을 다녀왔다. 가로등 아래 눈 내리는 서울은 나 없어도 잘 돌아가는 듯 보여 택시 기사에게 말을 건넸다.

　- 모처럼 서울 왔는데 이렇게 보는 서울은 또 이쁘네요.

　- 안 사시니까 이쁘죠.

　눈은 오고 도로는 미끄럽고 차는 막히고 구정물 뒤집어쓴 차는 또 언제 세차하나 싶었을 터. 하회마을 구경 온 관광객더러 초가집에 사는 불편함을 알아달라는 꼴인데 아아, 아저씨 저도 서울 생활 30년이라고요.

　누구나 자기 생이 가장 고되다. 세상은 늘 나만 빼고

● 림팩훈련Rim of the Pacific Exercise : 유사시 태평양상의 중요 해상 교통로의 안전을 확보하고 태평양 연안국 해군 간의 연합작전능력을 강화하기 위해 격년제로 실시하는 다국적 해군 연합기동훈련.

지들끼리 쑥덕거리며 돌아가고 나는야 불운의 아이콘. 짜장면 시키면 단무지를 빼먹고 단무지를 가져오면 젓가락이 없는 참 아름다운 인생. 내가 진 쌀 한 가마니만 무겁고 저 놈 진 가마니 속엔 솜이 들었을 텐데 싶다가도 이렇게 날이 궂고 비도 아니고 눈도 아니고 찬밥덩이 같은 젖은 무언가가 저렇게 풀풀 날리면 또 생각하는 거지.

– 물 먹은 솜이야 오죽하려고.

우리 집에는 달팽이가 산다. 동거를 청한 적이 없으니 3개월째 무단 취식 중. 사과를 먹으려다 붙어 있길래 떼었더니 슬금슬금 어디론가 가고 있더라. 마침 밖은 눈보라, 차마 가시랄 수 없어 거두었는데 나 참, 어찌나 고고하신지 배추 따위는 흥! 시금치도 아니 드시고 청경채도 본체만체. 저기요, 지금은 푸른 잎이 귀한 겨울이걸랑요. 셀러리잎을 드리니 겨우 더듬이를 세우시더라.

먹기는 조금 먹고 거동은 엄중하시니 능히 군자라 할 만한데 이상하게도 달팽이가 부러웠다. 겨울이 다 지났으니 곧 밭을 장만해야 하는데 밭 장만보다 급한 일이 몸

장만. 작년 가을 대상포진 이후 내내 시름시름 골골, 이 하나를 뺐고 다른 하나는 금 보철. 어깨 통증이 팔로 내려와 마우스도 왼손잡이 중. 자주 체하고 길게 아팠다.

오래 썼지. 머잖아 오십. 30년쯤 술과 커피를 마셨으니 뼈는 닳고 속은 삭았겠지, 담배도 폈었지. 머잖아 오십. 공돈 쓰듯 젊음을 쓰고 선심 쓰듯 몸을 썼는데 진찰을 기다리며 병원 복도에 앉았노라니 가산을 말아먹고 돌아온 후줄근한 탕아라.

달팽이가 조금 먹고 오래 움직이는 건 먹는 것이 단순해서가 아닐까. 커피 대신 당근을, 알코올 대신 상추를 먹고 붉거나 푸른 배설을 해서가 아닐까. 어지럽고 무거운 생일수록 가벼운 몸이라야 건너기 쉽다는 걸 저 느린 걸음으로 보여 주는 건 아닐까. 머지않아 오십. 이제 낡은 몸에게도 휴식을 줘야지. 카페인과 알코올 없이 저 험한 농번기를 건널 수 있을지는 모르겠지만 하는 수 없지. 나는 너무 오래 마셨고 이미 충분히 마셨으니.

말을 업어야지, 던지면 걸인데 걸 길을 주나, 어허 어차피 지는 판에 한 동이라도 업어야 빠르제, 깐노무거 지면 화장지고 이겨도 화장진데 아무나 이기면 되제, 그래도 내 이기면 감자 줄기에 고구마 달릴 줄 누가 아는가. 자자자자, 모야! 옳구나. 한 사리 더!

밖에서 윷을 던지는 동안 마을 회관 사랑방. 어른요, 요번에 여기 농협에 발령 오신 전무님이 인사 오셨니더. 아이고, 면장님도 계셨니껴. 새해에는 우야든동 복 많이 받으시고 건강하시고 자제분 다 평안하시고. 근데 올해는 고추 꼬쟁이 보조가 안 나온다면서? 그케요. 전에는 설렁설렁 하디만 올해부터는 얼매나 쪼아 쌓는지. 근데 올해도 고추값은 없지 싶은데요. 해마다 속는 게 농산데 할 수 있니껴. 안주가 없니더. 여기요, 부녀회장님요!

마을 회관 부엌. 예! 잡채 더 드릴까요? 형민이 엄마, 잡채하고 멧돼지 수육 좀 더 담아 봐요. 잡채는 들기름으로 한 번 더 볶았어야 되는데. 아이고, 아지매는 고마 방에 드가소. 왜 자꾸 나를 할마씨들 있는 방으로 보낼라 그래. 나는 아직 부엌이 편쿠마는. 인제 젊은 새댁이 많이 와서 아지매는 방에 드가셔도 되니더. 근데 성민이 엄마, 성민이 감기는 어때요?

마을 회관 안방. 저 술 먹는 이가 누군게나. 오뭇골 호수씨 둘째 내려왔잖는가. 아, 저 머리 긴 이도 작년에 왔제? 장고개서 꺼먹돼지 키운다네. 사람은 점잖아 뵈네. 젊은 사람들이 자꾸 오께네 좋긴 좋은데 누가 누군지 인제는 못 알아볼세. 알아보고 말고 걸어 댕기기나 해야 얼굴을 보제. 다리가 작년하고 또 다르네. 할매 다리는 어떠신게나. 그냥 그렇지. 그래도 한 해는 더 살 거 같네.

술 먹는 오뭇골 호수씨 둘째는 윷을 놀기도 전에 만고강산 알딸딸해져서 모야! 모야! 소리소리 지르다가 목이 쉬었다지. 참 시덥잖은 사람일세.

두문불출, 어쩌다 보니 농한기 아니라 동안거가 되었다. 농안거랄까. 5일장마다 애호박 하나 양미리 한 꾸러미를 사면서 겨울이 지나가는 모습을 멀거니 바라보았다. 농안거에 걸맞게 화두 하나를 들고 SNS조차 들여다보지 않으며 용맹정진했던 바, 화두는 '생계'.

농사지어 먹고사는 일이 과연 가능한 걸까? 인건비

는 고사하고 씨값도 건지지 못하는 농사를 계속 밥벌이 삼아도 괜찮은 걸까. 추수해서 농협 외상을 갚고 나니 통장은 금방 서리 맞은 들판. 트랙터 할부는 어쩐다지. 씨감자도 미리 사야 하는데. 그러니까 젠장 이렇게 더는 못 버티겠는걸.

아무리 해마다 속는 게 농사여도 그렇지. 아무리 풍년이라 값이 없고 흉년이라 팔 게 없는 농사여도 그렇지. 사과원 열 마지기, 밭 스무 마지기 농사에 트럭 할부금도 못 넣는 게 말이 되냐고! 새벽마다 이슬로 사우나하며 일했는데 날품팔이보다 못한 농사를 군이 애써 지을 까닭이 뭐냐고!

울화 반 체념 반 에라 모르겠다 될 대로 되라지. 5일장마다 애호박을 사는 사이 겨울이 춥다가 깊다가 흐리더니 문득 내성천 얼음이 다 녹았다. 엊그제 장날에는 봄동이 지천. 애호박 대신 봄동을 사는데 허허 맥없이 실실 새는 연민. 이 봄동도 어느 농부가 추운 날 배추밭에 쪼그리고 앉아 식칼 들고 땅을 후빈 덕분일 테지. 씨만 넣어 됐을 리 없을 테니 모종은 포트에 상토 담고 씨넣고 물 줘서 키운 걸 테고. 관리기로 두둑 짓고 비닐은 덮었으려나. 봄동이라 김장 배추처럼 묶는 품은 안 드니 나름 수지맞는 장사겠구나.

생각하고 보니 어이없어라. 시세는 생각도 안 하고 묶는 품 안 드는 것만 수지맞았다 여기고 있네. 작년 가을에 시세 없어 뽑지도 않고 버려둔 신섭형님네 배추밭도 있는데. 그래도 묶는 품 안 드는 게 어디람.

농사가 다 그럴 테지. 시세 없어 배추를 갈아엎게 생겼어도 묶는 품 안 드는 것만 수지맞았다 여기며 넘기는 거지. 씨나락 값 오른 건 생각도 않고 쌀값 1,000원 오른 것만 좋아라 여기며 견디는 거지. 알면서도 속고 속아야만 또 한 해 농사지을 힘을 얻는 거지. 어디 농사뿐일까. 사는 일도 마찬가지다. 이 고된 생을 견디게 하는 진정한 힘은 조삼모사, 니나 내나, 에헤라디여~.

　　　　　　　　　　날이 추운데 우예 나오셨는고. 장에 호메이고기라도 한 두름 살까 싶어 나왔네. 나도 당뇨약이 떨어져서 나서고 보이 장날일세. 날은 추운데 볕이 좋아 장이 되네. 올 거름은 뭘로 내실라꼬. 우분을 낼라카는데 이제는 몸이 늙었으이 이장한테 부탁해 봐야지. 씨감자는 마련하셨는가. 신청은 해 놨는데 마카 감자

한다니까 감자값이 없지 싶으네. 언제는 값이 있던게나.

장이다. 춘양은 4일, 9일 서는 사구장, 영주는 5일, 10일 서는 오십장, 이곳 봉화는 2일, 7일 서는 이칠장. 젊은 사람들은 차를 몰아 영주 홈플러스로 가고 차를 몰 수 없는 노인들만 버스를 타거나 경운기를 몰고 장에 온다.

겨울 오일장의 주인공은 양미리와 뻥튀기. 젊은 사람에겐 양미리지만 노인들에게는 호메이고기. 끈에 꿰여 꺾인 모습이 '호메이'라 불리는 호미 같대서 부르는 이름. 내륙 깊은 곳에 겨울 한철 상할 염려 없이 와닿던 값싼 단백질. 한 두름이면 구워 먹고 졸여 먹고 지져 먹고 끓여 먹어도 서너 마리가 남는 요긴한 반찬. 이제는 그리 부르는 이도 얼마 남지 않은 이름, 호메이고기.

뻥튀기가 빠지면 겨울장이 아니지. 어지간하면 한갓진 터에서 하련만 꼭 장 한복판에서 기계가 도는 걸 보면 사람들도 '뻥!' 소리에 식겁하는 걸 은근 즐기는 모양이다. 우리를 식겁하게 하는 저 서울 소식에 비하면 뻥 소리쯤은 정겹지.

– 요새는 이가 없어서 튀밥으로 튀기는데 아무래도 뻥튀기는 강냉이야. 영감 가고부터는 연속극 볼 때 옆에 끼고 먹는다니까. 귀찮게 안 하니까 영감보다 더 좋아.

사실 겨울 오일장의 진짜 주인공은 '그케'와 '마카'다. 오일장은 늙고 병든 촌부들의 정모. 다들 호메이고기 한 꾸러미를 들고 뻥튀기 기계 앞에서 만나 '그케'와 '마카'를 주고받으며 서로의 안부를 묻는다.

그케 작년 농사가 재미있었니껴. 마카 글치요, 뭔들 작년 농사에 재미있었을니껴. 그케요. 마카 가물고 마카 값없고, 그케요. 안어른하고 마카 잘 계시니껴. 잘 있나 마나 무릎이 아파 일나지도 못하니더. 아이고 우예니껴. 그케요.

'모두', '그렇게' 만나 닭개장 한 그릇에 반주를 곁들여 점심을 나누고 나오면 겨울장은 슬슬 파장. 아이고, 모처럼 점심 잘 먹었니데이. 우야든동 올해는 풍년되시고 자제분들 마카 건강하시소. 그케 마카 살펴가시데이.

고추씨를 샀다. 고추씨를 사는 것으로 올해의 농사가 시작되었다고 하지만 땅이 녹을 때까지 아직 한 달은 더 놀 수 있다. 아싸!

귀농 첫해 고추씨를 사면서 고추씨의 이름, 즉 품종명이 어찌나 아름다운지 나 혼자 알기 아까웠다. 그래서 해마다 그 해의 '고추 품종 어워드'를 혼자 정하는데 올해의 수상작은 '남자의 자격'.

— 자네 올해 고추는 뭘 골랐나?

— 고추는 뭐니뭐니 해도 남자의 자격이라면서 자꾸 권하더라고.

— 음~ 역시 고추는 남자의 자격인 건가?

상상만으로도 아름다운 대화가 가능한 건 고추 종자의 세계가 아크로바틱하기 때문이다. 종묘상 벽에 붙은 빛바랜 고추 품종 포스터들. 대권선언, 안전벨트, 위대한 탄생, 불꽃처럼.

그러니까 대권선언은 우리가 매운 고추의 대명사로 알고 있는 청양고추처럼 하나의 품종인 셈이다. 왕후장상의 씨는 따로 없지만 대권선언의 씨는 따로 있는 것이 고추 종자의 세계다. 이름만 들어도 쑥쑥 자라는 고추의 맹렬한 기세를 느낄 수 있는 품종이 있다. 백전백승, 금상첨화, 만사형통, 독주역강, 신화창조. 소박하지만 '고추 농사는 자고로 이런 맛'이라는 실속형 품종. 마니따, 배로따, 무지따, 참조은, 조아라. 무슨 생각으로 작명했는지 짐작되지 않는 품종도 있다. 싹쓸이, 킹콩, 슈퍼바이킹, 일당백골드, 천년만년. 사과로 치면 홍옥에 해당하는 것이 안전벨트이고 부사에 해당하는 것이 싹쓸이라 생각하니 덕후향 가득한 컬트의 세계다 싶은데 붉은 고추 늠름한 광고 벽보 아래 고추씨를 사러 온 노인과 주인의 대화가 아름다웠다.

  - 탄저병에는 '장수촌'이 좀 낫던걸.

  - '로또킹'도 탄저에는 괜찮다니더.

  - 우리 이장은 올해 '맛깔찬' 한다던데 그거 괜찮나?

  - 우리는 올해 '돈방석'을 권하니더마는.

이웃에게 들은 바가 있어 원톱과 진짜 사나이, 강강술래 그리고 청양을 샀다. 그 전에 부모님이 심었던 무한질주는 올 겨울 잦은 눈비로 보건대 맞지 않을 거란 전문가적 진단도 덤으로 들었다. 무한질주와 겨울 장마 사이에 숨겨진 봄 가뭄과 기상이변, 그로 인한 병해의 창궐, 거기에 맞는 품종별 장단점 등을 다 이해하자면 얼마나 많은 시간을 고추밭에서 보내야 하나 아득해 하고 있는데 농협 다니는 친구에게서 전화가 왔다.

"고추씨를 하마 샀어? 사면 산다고 말을 하지. 친구 됐다 뭐하노. 농협에 씨값 50프로 보조되는 품종이 있는데."

덧붙여 고추씨는 죄 중국에서 채종하는데 같은 씨를 두고 종묘회사마다 다른 이름을 붙여 다른 값에 파는 거라는 비밀도 전했다. '믿거나 말거나'라는 단서가 달렸지만 나는 고추씨의 비밀을 믿기로 했다. 고추 품종의 갈피 없는 작명 기준이 단번에 이해되었기 때문이다. 각각 다른 종묘회사임에도 같은 씨가 아니고선 나올 수 없는 이 일관성 있는 섹슈얼리티를 보라.

카사노바, 글래머, 아크다, 기세등등, 파워스피드, 단 한방, 절정.

- 51XX 흰색 포터 더블캡 차주 되시니껴?

- 예, 그런데요.

- 어제 제 차를 박고 그냥 가셨더라고요.

주차할 곳이 마땅찮아 옛장터에 차를 대고 일 끝나와 보니 뒷펜더와 리어램프가 깨져 있다. 깨진 램프 조각을 줍는데 쨍그렁 마음도 깨지더라. 아아, 수영장만큼의 사과즙을 팔아도 갚을까 말까 하는 할부가 남은 차를 박아 놓고 그냥 가셨더라고, 그냥.

그렇지, 블랙박스가 있었지. 출고할 때 서비스로 달아준 거라 잊고 있었네. 그런데 이걸 어떻게 보는 것이냐. 메모리를 빼서 PC에 읽혀야 하니까 리더기가 있어야 하는구나. 리더기를 사자면 읍내 하나뿐인 컴퓨터 가게에 가야 하는데 하아, 벌써 해 떨어졌네.

날 밝기를 기다려 리더기를 사고 프로그램을 깔고 드디어 개봉 박두. 옳거니, 검은 잠바를 입은 사람이 식당에서 혼자 나와 포터를 타는구나. 그냥 앞으로 가도 되련만 후진은 왜 하는 것이냐. 쿵! 와장창! 얼라리여, 그냥 가시네!!

영상이 있으니 경찰서에 신고만 하면 다 해결되는 것이렷다. 가만가만, 그런데 저 양반 꼭 과실수 전지하다 온 행색인데. 차 가는 방향을 봐서는 동네 사람인데. 동네 사람이기만 하면 다 형님이고 아재고 할배인데. 그렇다면 뺑소니 신고는 너무 가혹하지.

그래서 식당에 가서 물었다. 어제 점심 때 혼자 와서 식사한 양반이 누구냐고. 친절하게 전화번호를 가르쳐 주시네. 부모님께 여쭈니 아는 양반이란다. 옛장터에서 만났다.

- 연락처라도 남겨 놓고 가셔야지, 그냥 가시면 우예 니껴.

- 박은 줄 몰랐네.

- 차가 쿵 했을 낀데 우예 몰랐니껴.

– 술에 취했었거든.

아아, 그러셨구나! 낮술이 과하셨구나! 해는 짧고 종일 사다리를 오르내리며 전지를 하노라면 막걸리 생각이 간절하셨을 터. 몸은 늙고 술에라도 취하지 않으면 견디기 힘든 농사이긴 하지요마는. 그렇더라도 이 양반아!!

해성병원 장례식장 제3분향실. 내일은 눈이 온다지. 연세가 그만하시니 가실 만도 하지만 병원에 오래 계셔서 호상이랄 수는 없지. 아, 자식들 저만하고 손주에 증손자가 몇인가. 이만하면 호상이지.

눈이 온다는데 척곡리 청년회는 분향실 한쪽에 모여 부고(訃告)를 접는다. 삼일장이니 모레가 발인. 이렇게 번지수도 없이 풍정리 아무개만 써도 부고가 가니껴? 사는 이 몇 된다고. 그래서 우체부 초짜는 아주 못 쓴다니까. 발인 전에 닿자면 내일 아침 우체부 오토바이가 바쁘겠지.

부고는 세로로 길게 네 번, 가로로 한 번 접는다. 이래 접어야 대문에 달기 좋거든. 요즘 대문 있는 집이 어디 있나. 있거나 없거나 집에는 안 들이는 법일세. 안 그래도 대수형님네는 내일모레 잔치가 있다고 부주만 전하디더. 둘째 며느리 본다지. 이장님도 그 다음 주에 잔치 있어서 못 온다니더. 다 빠지면 상여는 누가 메나. 소방대에서 몇 명 불러야지.

訃告. 族叔○○大人處士○○○○ 以宿患今月十八日. 요새 이래 한문으로 부고를 하면 젊은 사람들은 못 읽을걸. 원래 부고는 읽기 힘들어야 제격이지 좋은 소식도 아니잖나. 자네 부고는 한글로 하면 되겠구만. 어허, 나 죽은 뒤에 한문이든 한글이든 그걸 내가 알게 뭔가. 그래도 가신 어른이 바쁜 농사철은 피해 가셨네. 암만, 평생 농사만 지은 어른인데 꽃 지는 때를 모르셨을라고. 눈은 올랑 말랑, 부고를 접는 밤.

고추씨를 넣었다. 쓰고 보니 뭔가 이상하다. 쓰고 보니 이상한 건 이 동네에서는 다들 그렇게 말하기 때문이다. 이 동네에서 콩이나 팥은 '심는' 종자이고 볍씨는 '파종'하는 종자이며 고추씨는 '넣는' 종자다. 모종을 키워 밭에 옮겨 심는 정식 과정이 있어 구분하기 위해 그리 부르는 것이라고 애써, 굳이, 억지로 생각하기로 하고 여하튼 넣었다.

종묘상에서 권하던 남자의 자격은 번식능력도 없는 1세대용 고추씨 따위가 '남자의 자격'을 칭하는 게 괘씸해서 사지 않았다. 시중에 판매되는 모든 고추씨는 달랑 1세대만 가능하다. 가을에 고추씨를 받아 이듬해 심어도 싹이 안 난다는 얘기다. 종자회사의 꼼수인데 그래저 먹고 살자고 고추의 대를 끊나!

대신 단무지 한 개를 먹고도 엄지를 치켜올리며 '대박!'을 외치는 세태를 모른 척할 수 없어 '왕대박'을 샀다. 대박까지는 바라지도 않아. 그저 씨값에 더해 내 품값이나 건지면 좋으련만 해마다 결산은 쪽박. 쪽박만 면하자는 소원 참 소박.

가식 과정을 줄이기 위해 파종기를 사서 바로 포트에 씨를 넣었다. 모판에서 발아된 실 같은 모종을 한 포기씩 포트에 넣는 가식은 쌀알에 화엄경을 새기는 것 같은 환장 유발 작업. 이 동네에서는 이렇게 씨를 직접 포트에 넣는 이가 없고 넣어 봤다고 하는 이도 다들 나중에 모종이 '비리비리'하다는데 뭐 어떻게든 될 테지. 30년 서울살이 동안 세상에 공짜는 없고 내 해보지 않은 것은 내 것이 아니라는 달랑 고거 하나만 배운 터라.

날이 추울수록 몸을 지지고 싶은 건 중년의 특징. 마음 같아서는 농막 아랫목이 벌겋도록 군불을 때고 팥죽 같은 땀을 흘리고 싶지만 현실은 온수매트 처지.

궁여지책이 사우나인데 연희동보다 인구가 적은 지자체에 목욕탕이 있다는 것만도 감지덕지다. 각각 30년, 20년, 10년의 연식을 자랑하는 목욕탕이 읍내에만 3개인데 시설 수준도 연식에 따른다. 그나마 번듯한 10년짜리 목욕탕에 다니면서 드는 생각. 30년 된 낙원장목욕탕에는 누가 다니지?

물론 내가 다녔지. 30년 전에. 그리고 20년 전 크고 넓은 창운목욕탕이 생기면서는 그리로 다녔고 10년 전에 더 크고 넓은 세현목욕탕이 생겼을 때는 당연히 또 옮겼다.

넓기는 딱 서울시 2배인데 사람은 장날에나 겨우 보는 동네에 목욕탕 3개는 너무 많으니 낙원장목욕탕은 당연히 문을 닫았어야 정상인데 거 참, 30년 동안이나 굴뚝에 연기가 오르더란 말이지.

어깨가 아파 사우나가 간절하던 아침, 문득 세현목욕탕의 물이 탁하더란 생각이 들어 낙원장으로 20년 만에 목욕을 갔다. 영감 대신 아들로 보이는 젊은이가 스마트폰에 코를 박고 있는 것만 빼면 카운터 풍경은 그대로. 좁고 옹색한 신발장도 그대로. 커튼을 젖혀야 나오는 탈의실도 여전하고 탈의실 구석 이발의자도 어쩜 그대로.

그런데 이상하지. 마음이 풀풀 몸보다 먼저 옷을 벗더라. 거기 평상에 놓여 있는 〈조선일보〉도 여전하고 브라운관 TV도 그때 본 듯한데 허 참, 낡고 오래된 것이 주는 이 헐겁고 미지근한 느슨함이라니. 굳이 자르지 않아도 될 머리를 맡기면서 초로의 이발사에게 물었다.

– 이 시간에 손님이 많네요.

– 많기는요. 맨날 오는 사람만 오지요, 뭐.

맨날 오는 사람이라고 세현이나 창운에 안 갔으랴만 그래도 다시 오게 만드는 이유를 탕에 들어간 뒤 알겠더라. 의젓하달까, 어른 셋이면 꽉 차는 좁고 작은 탕인데 물이 적당히 뜨겁고 맑다. 탕이 작으니 매일 물을 갈고 청소하기에 부담이 없을 터. 기실 목욕이야 내 몸 하나 덥힐 물이면 족하지. 허브탕이니 히노끼탕이니 이름만 아름답고 바닥은 온통 미끄덩 미생물밭인 대다수 사우나보다 타일이야 좀 떨어졌더라도 뭐 어때. 물 맑고 깨

끗한 게 최고지.

목욕은 맑은 물에 내 몸을 씻는 일. 그 외는 다 허섭스레기 액세서리다. 더 크고 더 넓은 목욕탕일수록 청소는 힘들고 물은 탁하기 마련. 사는 일도 그렇지 않을까. 눈 내린 들판을 건너자면 필요한 건 마른 장화 한 켤레. 그게 꼭 나이키일 것까지야.

느긋하게 맑은 탕 속에서 어깨를 지지는데 뜬금없는 위잉 소리에 고개를 돌렸더니 아이쿠야! 20년 전 저 기계가 아직도 있구나. 달라진 거라면 그때는 썼으나 지금은 절대 쓰고 싶지 않다는 정도. 오는 영감님마다 기계 앞에 앉는 걸 보면 저 등 미는 기계야말로 이 낡은 목욕탕의 알토란 같은 영업 비결일지도.

뭐 이런 드라마가 다 있담? 〈SKY캐슬〉 아니고 〈나의 아저씨〉 이야기다.

TV가 없다는 핑계를 대고 〈도깨비〉며 〈미스터 썬샤인〉, 〈SKY캐슬〉의 압도적인 공세를 용케 피해 다녔다. 김태리가 이병헌에게 총을 겨누었는데 갑자기 BGM이 깔리고 꽃잎이 풀풀 날리더니 총을 겨눈 정지 장면만으로 한 회가 휘리릭 지나가더라. 아아 '후까시'는 못 봐주 겠군.

그렇더라도 농한기는 길고 아침마다 막걸리를 마실 순 없는 노릇. 넷플릭스 한 달 무료라 옳거니! 〈하우스 오브 카드〉가 재밌으되 권선은 어드메뇨 징악은 언제쯤 일러나. 시즌 2로 접고 〈지정 생존자〉를 시작한 바 얼떨결에 대통령이 되셨으면 대충 수습하고 퇴임하시련만 끝까지 해드시겠다니 딱 박정희로세. 독재 타도! 양키고홈! 하다 보니 무료 한 달이 지났구나. 농한기가 남았으니 이번에는 티빙을 볼까? 낚시는 바다낚시지. 〈도시어부〉 보는 재미가 쏠쏠하던 차에 아내가 지나가는 말로 툭 던졌다. 그거 재밌대.

그래서 생각 없이 클릭한 〈나의 아저씨〉. ICBM도 클릭 한 번에 발사되는 세상이긴 하지만 클릭 한 번에 일상이 파탄 나 버렸다. 이틀을 꼬박 날밤 새게 하는 뭐, 이런 드라마가 다 있담!

– 처음에는 감독님이 망해서 정말 좋았는데. 망한 감독님이 아무렇지 않아 보여서, 더 좋았어요. 망해도 괜찮은 거였구나 아무것도 아니었구나 망가져도 행복할 수 있구나 안심이 됐어요. 이 동네도 망가진 거 같고 사람

들도 다 망가진 거 같은데 전혀 불행해 보이지가 않아요. 절대로, 그래서 좋아요. 날 안심시켜 줘서.

사는 일은 본래 지겹고 원래 쓸쓸하다. '성실한 무기 징역수처럼 꾸역꾸역' 견뎌 내야 하는 일이다. 다들 아닌 척 모르는 척 오촌당숙 장례식 문상객마냥 구석에 앉아 소주를 홀짝이는 일이다. 원래 그런 거였는데 주인공 박동훈은 원래 그런 거니까 원래 그런 줄 알고 견디라고, 불평하거나 엄살 따위 다 어쭙잖다고, 대신 소주를 마시라고, 그게 어른이라며 잔을 채운다. 가정을 지키고 회사에 나가고 퇴근길에 소주를 마시고 상처 입은 아이를 돌보고 또 소주를 마시고. 그 상처 입은 아이가 아이유.

누군 인생 드라마라 하고 누군 어른의 드라마라고 하던데 내게는 위로의 드라마였다. 황막한 고원 같은 생을 건너느라 상처받고 생채기 난 중년에게 건네는 쓸쓸한 소주 한 잔 같아서 좋더라. 고독사한 친척 장례식에 끌려온 문상객 같은 생이었는데 그 장례식에 기꺼이 화환을 보내고 문상객이 되어 주차장에서 축구를 하는 후계동 조기축구 회원들을 보면서 새벽에 혼자 꺼이꺼이 울었다. 울면서 행복했고 울면서 후계동 조기축구 회원이 되어 술집 '정희네' 구석에 앉아 있고 싶었다. 그들이 외치는 건배사를 중얼중얼 따라 외치면서.

– 후계! 후계! 잔을 비우게!

　　　　　　　　　　자, 다들 고추씨는 넣으셨을 테니 땅 녹기 전에 마지막으로 놀아들 보세.

윷놀이, 이른바 척사대회는 설 명절에 장만한 음식을 다 먹었다 싶을 때쯤 시작된다. 이때가 보통은 고추씨를 모판에 파종한 뒤 싹이 꼬물꼬물 올라올 무렵이어서 윷을 놀다 말고 모판의 이불을 벗기거나 덮으러 가는 일이 당연시 되는데 가령 나처럼 뜬금없이 모가 여섯 사리 내리 나와 곁꾼이 주는 모주를 마시다가 기절하는 경우 이웃이 대신 해 주기도 한다. 동리별, 농민회, 청년회, 작목반 각각의 윷놀이에서 목이 쉬었다가 면민 척사대회에서 TV 타 가는 이웃에게 박수를 보내는 것으로 마무리되는 대장정.

오늘은 청년회 주최 윷놀이. 엊그제 윷놀이는 노인회 주최였으되 청년회 자격 요건이 60세까지니까 별반 다를 것도 없다. 회관 옆 큰솥에는 소머리국이 어제부터 끓고 윷 노는 한쪽에는 할매들이 가만가만 앉아 계시고 볕은 또 이리 따숩고 말 쓰던 사람은 돼지 밥 주러 가는데 나는 마당 한편 기증받은 경품이 눈물겨워 자꾸 코만 핑핑 풀어 대고 있다.

　　고추 포대 운반용 수레
　　쌀자루 운반용 수레
　　등에 지는 분무기
　　유박 거름*
　　요소비료

　　　　　　　　물 두 바께쓰에 소금 3되. 그런 단위가 있다. 킬로그램이거나 밀리리터, 센티미터거나 제곱미터로는 가늠이 안 되며 대체 불가능한 단위가 있다. 편리하자고 만든 표준 도량 단위를 들이대면 십중팔구 일이 망가지거나 싸움이 난다.
　　마지기란 단위도 그렇다. 서울 다르고 대구 다른 이

● 유박 거름 : 피마자(아주까리) 씨앗에서 기름을 짜낸 뒤 그 부산물을 주원료로 만든 거름.

희한한 단위는 어쨌든 이 동네에선 300평이다. 그런데 '평'이란 단위도 미개하니 무작정 3.3제곱미터로 표기하라시는데

- 저 두 마지기 밭에서 고추를 2,000근이나 했으면 농사 잘 지었네.

- 1,980제곱미터에서 고추 1,200킬로그램을 생산하기가 어디 그리 쉽나.

따위의 대화를 생각해 보면 마지기나 근이라는 조선시대의 단위가 갖는 오롯한 영역을 알 수 있다.

농사일이 그렇더라. 990제곱미터에 1,200미터 비닐 한 롤을 깔고 40센티미터 재식거리로 고추 3,000포기를 심는 게 아니라 한 마지기에 비닐 한 마끼, 고추씨 3봉지. 그런데 이 허술한 단위가 슬림핏 맞춤 양복처럼 농사에는 딱 맞는다. 모판을 덮는 부직포는 6자짜리이고 콩 2되가 두부 한 판이다. 팥 한 되를 샀는데 1킬로그램이 넘는다면 그건 당신이 고운 사람이라 고봉으로 담아서 그런 것.

그렇게 또 어머니로부터 장을 담는 지혜로운 단위를 배웠다. 물 두 바께쓰에 소금 3되. 장은 닭(酉)날이나 말(午)날로 날을 잡아 담는 법이라는 것도 함께.

쌀 팔아 고기 사고 고추 팔아
조기 사는데 문어를 살라믄 뭘 팔아야 하나. 문어값이 하
도 비싸서 문어를 들었다 놨다 결국 놓으신 오마니가 못
먹는 감 찌르듯 하시는 말씀. 오마니, 감은 집에 있잖아요.

상에 오르는 것 중에 싸기로는 쌀이 제일 싼데 소 키
우는 양반도 떡국떡을 빼자면 소를 팔아야 하니 피차일
반이지만 저 놈의 문어는 해마다 요령부득. 문어 다리
두어 개면 쌀이 한 가마. 숙회 한 점이면 밥이 한 공기.
금도 있고 비트코인도 있는데 하필 문어일까만 어쩌랴
내륙 깊은 산골의 오일장에서는 갯것이 귀하고 갯것 중
엔 문어인걸.

설 아래 대목이라 발 달린 이들은 다 나와서 장을 거
들어 모처럼 장 같은 장이 섰다. 날은 저녁 굶은 시어미
마냥 뾰족해서 손도 시리고 코도 맵지만 올겨울 내내 추
웠는데 새삼스러울 거야 없지. 쌀 한 가마니를 이고 지고
서울 오시던 오마니도 세월에 져서 돔배기 한 토막을 무
겁다 하시니 곁꾼 노릇을 마다할 수 없는데 하아, 저 놈
의 문어.

'그깟 문어 얼마 한다고 내 사드림세' 하려고 보니 쌀
한 가마. '아부지도 좋아하시는데 왜 안 사고?' 하려다 보

니 고추 열 근. 가난한 아들은 어물전 옆에서 몇 번이고 '그깟 문어'를 되삼키는데 오마니는 또 말씀하시지. "하기 사 이가 없어서 먹도 못한다."

                              – 눈이 올라믄 3박 4일쯤 와
야지. 사람이 묻히게 와야 눈 무서운 줄 알지.

이 양반이 흉기를 들고 남의 머리카락을 자르면서 사람 묻는 얘길 하네. 저기요, 저는 그냥 이발만 해 주시면 안 될까요.

겨울에 눈이야 다반사지만 내릴 때마다 몸이 젖은 채 얼어붙은 골판지 같아서 또 갔지. 낙원장목욕탕. 이상하게 좋더라. 30년 된 거울은 한쪽이 깨져 있고 30년 된 욕조는 타일이 빠져 있는데 30년쯤 세파에 시달린 몸에는 딱 이런 물이라는 듯 느긋하게 몸을 풀어헤치는 그 온도라니. 얼른 탕에 들어가려다 머리가 긴 듯싶어 이발 의자에 앉았다. 밖에 내리는 눈이 심심하다면서 이발사가 가위를 든다.

– 뉴저지에 살 때였는데 예보에 폭설이 온다는 거라. 그래서 가게 문을 일찍 닫고 집으로 오는데 야, 진짜 앞

이 하나도 안 보여. 간신히 집에 왔는데 주차장에 눈이 쌓여서 도저히 파킹이 안 되는 거야. 마침 히스패닉 애들 둘이 지나가길래 불러서 20달러 준다니까 좋아하더라고. 걔들이 눈을 치워서 겨우 파킹했지. 그때부터 사흘 내리 눈이 내리는데 히야, 진짜 겁나더만. 눈 그치고 나니까 눈이 쌓여서 문이 안 열리는 거야.

뉴저지요? 미국 뉴욕 옆 뉴저지요?

– 거기서 네일숍을 했지. 하다가 베트남에서 다른 사업을 하려고 준비도 많이 했는데 덜컥 폐암 판정을 받는 바람에 그냥 왔지 뭐. 타국에서 죽기는 싫더라고.

그러셨군요. 한국에서 미국으로, 다시 미국에서 한국으로, 눈이 오는데 뉴저지에서 봉화로, 그 눈 많은 도시에서 이렇듯 눈이 흩뿌리는 산골로, 히스패닉을 상대하던 네일숍 오너에서 30년 된 목욕탕 한편 이발사로. 그 갈피 없고 정처 없고 가늠할 길 없이 아득한 시공간을 메우며 눈이 내리는군요. 심심한 눈이 내리는군요.

　　　　　　　　　자전거. 아버지는 만능 탈것 수리점이랄까 자전거, 리어카, 오토바이, 경운기를 고치셨고 철공소도 겸하셨다. 나는 어려서부터 자전거 빵구를 때우며 용돈을 벌었으되 단 한 번도 새 자전거를 갖지 못했다. 여기서 안장, 저기서 바퀴 식으로 못 쓰는 자전거 부품을 뜯어다가 방학 때마다 직접 만들어 탔다. 엊그제 도선생이 아내와 아들이 함께 타는 자전거를 슬쩍 가져가시는 바람에 자전거를 새로 주문했다. 주문하면서 그렇게 내가 뜯어다 만든 자전거를 방학이 끝나 서울로 돌아가면 바로 중고로 팔던 아버지가 생각났다. 생각해보니 아이참, 아부지요!

생두. 새벽 4시, 깨자마자 빈속에 마시는 커피 한 잔은 중년의 촌부가 그래도 잘 살고 있는 건지 되묻게 하는 효과가 있다. 해장은 덤. 원두를 구할 곳이 마땅찮아 생두를 볶아 먹은 지 10년. 혀가 까탈스러우면 생이 고달프댔지. 비싼 COE* 생두를 가당찮게 주문하면서 스스로 변명하자면 농사꾼도 가끔은 멀쩡한 거, 팔다 남은 거 말고 남 보기에도 멀쩡한 걸 먹고 싶다. 그래 봤자 이 아름다운 커피를 생산한 엘살바도르 농부 Ignacio Gutierrez

---

* COE : Cup of Excellence. 1999년 브라질에서 시작된 고급 커피 대회로 사전 심사를 거친 1위~30위만 옥션에 참여할 수 있다.

씨에게는 반값도 안 돌아가겠지만.

중식 칼. 어머니는 만능 식당이랄까 치킨집, 해물탕집, 짜장면집, 함바집을 하셨다. 짜장면집을 오래 하셨는데 그 덕에 나는 식칼이라면 당연히 중식 칼인 줄 알았다. 주방장 아재는 양파를 탕탕탕 가볍게 썰고 나서 늘 넙적한 칼을 도마에 탁 꽂아 놓곤 했다. 백선생 덕에 중식 칼이 다시 환기되었을 때부터 괜찮은 중식 칼이 갖고 싶었다. 적당한 무게와 듬직한 넓이가 주는 느긋함. 도루코나 장미칼 말고 괜찮은 중식 칼. 며칠을 고른 끝에 주문하려고 보니 해외직구. 평생 처음 하는 직구가 TV도 청소기도 아닌 중식 칼.

자전거, 생두, 중식 칼 같은 걸 주문하느라 며칠을 끙끙거린 건 어떻게든 입춘 지나 농한기가 끝나는 걸 외면하고픈 농부의 혼신을 다한 딴짓.

빚쟁이처럼 봄이 온다. 놀지도 못했는데 농한기가 끝났다. 응달에 눈이 쌓였거나 말거나 아침마다 수도가 얼거나 말거나. 힐끔힐끔 봄이 오고 있다.

이맘때면 빚 걱정에 잠 못 자는 채무자 심정이랄까. 아직 과원에 전지도 못 끝냈는데 고추 싹이 올라왔네. 사과도 다 못 팔았는데 주석형님네는 벌써 거름을 받았구나. 갚아야 할 빚 같은 일이 땅 녹기만 기다리는 참이어서 가능하면 모른 척, 아닌 척, 나 몰라라 하다가 갚으려고 보니 고리 사채.

뭐부터 갚나. 거름을 받자면 밭설거지부터 해야 하는데 그러자면 땅이 녹아야지. 일단 패스. 전지는 급한 대로 근배형님에게 부탁해야지. 이것도 통과. 이장님네는 벌써 감자 싹을 틔우던데 나야 올해는 쬐끔 할 예정이니 해당 사항 없음. 늙은 사과나무를 캐내야 하는데 그것도 땅이 녹은 뒤라야지. 진짜 농협 빚이야 어차피 못 갚을 터. 따지고 보니 뭐 딱히 숨넘어가게 급한 건 없군.

없지. 없다가 들이닥치지. 집달리처럼 빨간 딱지를 들고 봄이 와장창 우당탕탕 들이닥치지. 그래서 해마다 숨넘어가게 바쁘다가 결국 숨이 넘어가서 끙끙 몸살을 앓지.

몸살을 몰라서가 아니라 뭐랄까 봄은 어차피 오고, 와도 압도적으로 오고, 오는 봄은 또 좋아라 냉이꽃에 눈물 흘릴 게 뻔하니 가능하면 농한기를 길게 길게 논도랑에 물 대듯 끌어다가 한여름 농한기에 잇대고 싶달까. 봄을 대하는 농부의 자세치고는 참 갸륵하달까?

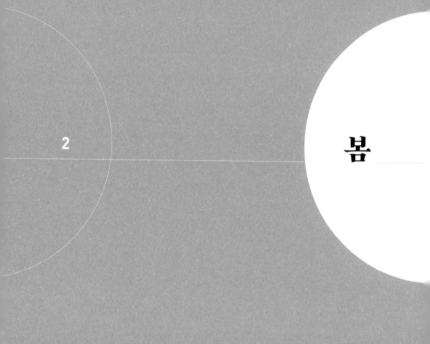

2

봄

나도 콩 같은 농부가 되었으면 좋겠는데 말입니다

어제는 종일 옥수수밭을 장만했습니다. 거름을 내고 밭을 갈고 두둑을 짓고 비닐을 씌워야 밭 장만이 끝나는데 비는 모레 온다지요, 비 오면 또 일이 밀릴까 봐 마음만 급해서 허우적대다가 기계를 고장 냈습니다. 시동이 걸리지 않아 기계와 씨름을 하다 내리 세 판을 지고 철퍼덕 앉았더니 볕이 좋더군요. 흙살은 포근포근하고 바람도 적당하고 골짜기 가득 볕이 환해서 "하이고야, 진짜 봄이네!" 소리가 저절로 납니다. 봄입니다. 잘 계셨나요.

사과원 전지를 겨우겨우 끝냈더니 곧바로 밭농사가 시작되었습니다. 제일 급한 건 감자인데 8월 전에 감자를 캐야 그 자리에 단호박이라도 심을 수 있어서입니다. 작년에 감자를 많이 심었다가 기겁을 한 터여서 올해의 감자 농사는 식구 먹을 만큼만. 올해는 감자 대신 옥수수를 많이 심을까 합니다. 자고 나면 한 뼘씩 크는 놀라운 성장을 보는 즐거움이 색다르기도 하고 아무래도 감자보다는 수확하는 품이 덜 드니까요.

그리고 나머지 밭에는 고추며 참깨를 심을까 합니다. 파종 시기와 수확 시기가 겹치지 않도록 작물을 선정하는 게 중요한데 품을 구하기가 점점 어려워서 그렇습니다. 작년 여름 감자를 수확할 때는 품을 구할 수 없어 대구 사람들을 버스로 불러다 감자를 캤습니다. 왕복 4시간의 거리라도 구할 수만 있다면 마다할 처지가 아니더군요.

아, 그리고 콩. 늙은 사과나무를 캔 자리에는 콩을 심을 예정입니다. 사과나무를 캐고 그 자리에 바로 나무를 심으면 새로 심은 나무는 대부분 죽거나 자라지 못합니다. 직접적으로는 나무의 뿌리가 썩으면서 내뿜는 독기 탓이지만 넓게 생각하면 땅과 나무가 오랫동안 이루어온 균형과 평화가 느닷없이 깨진 때문일 겁니다. 인삼을 심었던 땅이 그렇습니다. 인삼을 심었던 땅은 아주 오랫동안 황무지나 다름없게 됩니다. 인삼이 지력을 다 가져가 버리거든요. 그래서 인삼 농사는 사람이 아니라 돈이 짓는 농사라고 합니다. 6년근이라고 할 때의 6년은 수확이 없는 시기인데 가난한 제 이웃들은 수확 없이 6년을 버틸 재간이 없거든요. 인삼은 자본이 땅을 임대한 뒤 인부를 사서 관리하고 수확하는 작물입니다. 인삼밭을 둘러보는 사람은 1톤 포터가 아니라 벤츠를 타고 오더군요. 벤츠가 떠나고 나면 땅은 지력을 빼앗긴 황무지가 되는데 이런 땅을 치유하는 마법 같은 작물이 콩입니다. 대기 중의 질소를 빨아들여 뿌리에 저장하면 이 질소가 다른 작물이 자랄 수 있는 바탕이 됩니다. 땅을 치유하는 작물이기도 하지만 그 자체로도 된장, 간장 등 우리가 먹는 음식의 뼈대를 이루는 작물이지요. 저도 콩 같은 농부가 되었으면 좋겠는데 말입니다.

진짜 봄입니다. 어디서는 벌써 매화가 졌다고 하고 어디서는 벚꽃이 만개했다는군요. 정신없는 농부의 봄이라도 고개를 들면 지천으로 진달래가 화사합니다. 당신의 봄에도 진달래가 흐드러지고 벚꽃이 꽃대궐을 이루길, 이 봄에는 마음껏 사랑하시길.

아내가 말했다.

술렁술렁거려.

서울에서 나고 자란 아내도 느끼는가 보다. 이 술렁거림을! 슬렁슬렁이었다가 두런두런이었다가 문득 수런수런이었다가 어느 순간 들판 가득 번져 가는 이 반역의 기운, 술렁술렁.

아침이면 깨밭에 서리가 내리고 산그늘 고추 지주대는 아직 얼어 뽑히지 않던데. 경운기 냉각수를 그냥 뒀다가 밤새 어는 통에 라디에이터 밑이 빠져 고생했는데. 사흘 전에도 싸락눈이 날려 고추 모종 얼까 기겁을 했는데.

그럼에도 기어이 대지 가득 번지는 이 은밀한 연대, 술렁술렁.

　봄이 온다.

　　　　　　　　　거름을 낸다. 휘유, 구려! 아무리 발효가 잘 되었다손 치더라도 결국은 똥이니까. 구리기로는 돼지똥이 으뜸. 그래도 이 거름은 닭똥과 소똥이 베이스라 덜 구린 편이다. 어떤 이는 구수하다고도 하던데 분명 축농증 환자거나 변태거나.

　거름을 내는 것으로 본격적인 농사철이 시작되었다. 누구는 고추씨를 사는 것으로 농사를 시작하고 누구는 사과나무 가지치기를 하는 것으로 농사를 시작하지만 내게는 거름을 내는 일이 농사의 시작. 쿠릿하고도 퀴퀴한 거름 냄새야말로 농사의 고단함을 알리는 예고로 제격이다. 발효가 잘 되었나 싶어 코를 대는 순간 훅 끼치는 아찔함까지 더하면 겨우내 놀던 몸을 깨우는 각성제로도 최고!

　간편한 비료를 두고 굳이 해마다 거름을 뒤집어쓰는 이유는 단 하나다. 거름이 곧 맛이니까. 해보니 그렇더라.

비료로 키운 작물은 허우대만 멀쩡하고 지갑은 텅 빈 빼질이. 크고 번듯하지만 맛은 맹탕. 반해, 거름으로 키운 감자는 그야말로 감자다운 맛이 나고 사과는 사과다운 맛이 나더라. 세상에 공짜는 없고 농사는 지나치게 정직하더라. 그러니 구린내로 목욕을 하더라도 기꺼이 감내할 밖에.

농사가 시작되었으니 사과꽃 필 때까지는 줄창 달음박질이다. 희한한 건 거름 내고 가지 치고 밭을 갈고 씨를 넣고 하는 헐레벌떡 와중에도 냉이꽃이 보이고 제비꽃이 보이더라는 것. 내려오던 첫해에는 찔레꽃을 보다가 목을 놓아 울었더랬지. 아, 이렇게 이쁜데, 이렇게 이쁜 줄도 모르고 나는 여태 뭘 보며 살았나 싶어서.

일이야 또 하면 되니까 일이지. 일은 일이고 내일은 또 뒤늦은 윷놀이니까 어이쿠 감사. 일이란 게 노는 게 반이고 땡땡이가 반이니 우리도 이참에 놀아 볼까나.

– 올해는 뭘 심는고?

만나는 어른마다 묻는다. 올해는 무슨 농사를 하냐고.

– 글쎄요. 어른은 뭘 심으시니껴?

– 글쎄. 당최 심을 게 없네.

뭘 심긴 심어야 농사고 농부인데 마땅한 작물이 없다. '운동화는 감자 10알, 감기약은 호박 3개' 물물교환이 가능하다면 농부 된 보람이 더할 테지만 빤스 한 장이라도 돈을 주고 사야 하는 바 젠장, 돈 되는 작물이 없다.

작년에 갈아엎고도 영재형님은 또 감자 농사를 하신다지. 태식형님네는 재작년 생강값이 좋대서 작년에 심었다가 빚을 얻어 품값을 줬다던데. 값이 괜찮다길래 심었다가 해 넘기도록 못 팔고 있는 상호네 야콘은 또 어쩌고. 콜리플라워니 비트, 콜라비 등 생전 먹을 것 같지 않은 작물을 해마다 심는 대수형님도 실은 심을 게 없어 그렇지. 재 너머 상철네는 얌빈˙이라는 걸 심는다는데 그게 대체 어떻게 생겼는지 구경도 못 한 사이 덜커덕 봄이 와서 또 거름을 낸다.

뭘 심든 거름을 내야 농사를 짓지. 심을 게 없어도 거름은 내야 하고 해마다 빚이 늘어도 거름은 내야 하지. 날이 점점 뜨거워져 이제는 감자 대신 카사바도 될 것 같고, 사과 대신 바나나도 이상하지 않겠지만 뭘 하든

˙ 얌빈 : 멕시코 감자라 불리는 아열대 뿌리작물 히카마의 다른 이름.

거름을 내야 농사를 시작하지. 거름을 내다가 똥벼락을 맞아 온 천지가 구려 죽겠는데 봄이라고 비는 또 부슬부슬. 에라 모르겠다, 심을 것 없는 봄이어도 비님 오시니 또 마셔야지. 심을 게 있거나 없거나 땅콩을 심고, 돈이 되거나 안 되거나 옥수수를 심고.

이 무렵의 농사일은 딱 두 가지다. '어설픈' 일이거나 '을씨년스러운' 일. (이곳 경북 봉화에서 말하는 '어설프다'는 '일이 되어 가는 꼴이 말이 아니다. 물건들 있는 모양이 어질더분하다. 일이 서툴고 미숙하다. 열매가 아직 덜 여물었다. 생김새가 구질구질하다' 등의 뜻으로, 전라도 방언의 '거시기'에 필적할 만한 쓰임새를 보인다.) 이 둘은 본질적으로 하기 싫다는 점에서는 같지만 가능하면 '을씨년스러운' 일은 피하고 싶다. 무슨 차이냐 하면, 작년에 못 한 고추밭 설거지를 하려고 밭에 들어갔더니 얼다 녹다 하느라 철퍼덕 진흙펄인데 고추 지주대는 아직 얼어서 뽑히지 않고 작년에 따지 못한 고추가 희나리가 되어 달려 있는 고춧대는 딱 석 달 열흘 안 감은 귀신 머리카락 같다고 느껴진다면 요건 '어설픈' 단계.

그런데 때마침 눈발까지 풀풀 날리고 진흙투성이인 장갑으로 무심코 젖은 안경을 닦는다면, 옳거니! 일은 '어설픈' 단계를 넘어 '을씨년스러운' 경지에 도달한다.

사과나무 전정*은 열매솎기와 사과 따기와 더불어 과수원의 3대 과업. 전정이 끝난 과수원은 잘린 가지가 온 천지에 널브러져 있어 꼭 청소 안 한 미장원 바닥 같은데 그 무수한 머리카락을 빗자루 대신 일일이 손으로 묶어야 하니까 일은 당연히 '어설픈' 상태.

허리를 구부리고 그 무수한 가지를 줍다가 어이고 허리야, 기지개를 펴는데 귓불에 사과나무 가지가 걸려 피가 찔끔. 자고로 '을씨년스러운' 경지는 희생 없이 도달할 수 있는 것이 아니다.

그런 3월이 예약되어 있다. 밭 갈고 사과꽃에 넋을 잃는 봄다운 봄도 '어설픈' 3월을 건너야 만날 수 있겠지. 기도하나니 '을씨년스러운' 3월이어도 제발 조금만, 부디 살살.

• 전정 : 식물의 겉모양을 고르게 하고 웃자람을 막으며, 과실나무의 생산을 늘리기 위하여 곁가지를 자르고 다듬는 일.

- 아지매요, 여기 깍두기 좀 더 주소.

같이 밥 먹던 친구가 옆구리를 쿡 찌르며 말소리를 낮춘다.

- 정식이형님 형수야.

실수할 뻔했네. 형수셨구나. 깍두기는 제가 가져다 먹지요.

서울 식당에 고추를 납품하러 갔다가 주인장이랑 말을 섞게 되었다. 봉화에서 왔다 하니

- 어? 봉화에 내 친구가 귀농했는데 알아요?

휴대폰 사진을 내민다. 알 리가요, 봉화가 서울보다 넓거든요. 건성으로 보는데 사진 뒤편에 배경처럼 서 계시는 강선생님. 하기야 넓기는 서울보다 넓지만 인구는 불광동민보다 적으니까요.

아내가 춘양주민센터에 무료 영어강좌를 열었다. 첫 시간 수강생 한 분이 묻더란다.

- 혹시 선일여중 나오지 않으셨어요?

세상에나! 서울 은평구 선일여중 동창을 이곳 봉화에서 만나다니, 세상은 넓고도 좁고 지역사회는 더 그렇다. 특히 봉화는 옆집 장수형님 둘째 고모네 밴달(비탈) 밭 다섯 마지기 도지 얻은 사람이 알고 보니 내 육촌형님인

경우가 비일비재한 동네. 선일여중의 인연을 얘기하던 끝
에 아내와 동시에 내뱉은 탄식.

　- 이래서 착하게 살아야 된다니까!

　　　　　　　　　10시에도 차가 막힌다. 사과
를 팔고 돌아가는 길. 올림픽대로는 밤 10시에도 막히는
구나. 가다 서다, 서다 말다, 낮이었다면 반포대교쯤에서
뻥튀기 아저씨를 만났겠지.

　다들 어찌 사누. 해지면 집으로 돌아가 밥 먹고 배 깔
고 누워 리모콘 끼고 뒹굴던 저녁은 대체 어디로 갔누.
10시면 해지고도 한참. 밤중이어도 오밤중. 그런데 차가
막힌다.

　차가 막히니 다들 차 문을 열고 나와 〈Another day of
sun〉*을 부르며 차 위에 올라가 춤을 추던데. 하긴 거긴
LA, 여긴 서울. 저렇게 환한 거리, 빛나는 상점, 눈부신
간판을 배경으로 무대에서 퇴장하는 배우치곤 다들 너
무 흐리고 지친 얼굴.

---

　* Another day of sun : 영화 〈라라랜드〉 OST. 꽉 막힌 로스앤젤레스 고속도로
　위에서 펼쳐지는 영화 도입부를 말하는 것.

왜 아닐까, 탭댄스를 추기에 밤 10시는 너무 늦은 시간. 발은 아프고 조명에 시달린 눈은 따가운데, 밤 10시면 슈즈를 벗고 분장을 지우고 민낯의 나를 멀거니 봐야 할 시간인데.

법전면 척곡리 주민들은 다 잠들었겠지. 새벽같이 일어나야 하니까. 달이 떴을 테고 달 아래 환한 산과 골짜기를 고라니 혼자 목 빼고 산책하겠지. 같은 달 아래 서울의 10시는 차가 막히는구나.

정말, 다들 어찌 사누.

농민사관학교 사과반 첫 현장 실습. 가지치기 혹은 전정, 통칭 전지. 64기가 D램 공정의 설계도에 해당하는 사과 농사의 핵심 기술. 사과의 품질은 기본이고 사과 농사에 필요한 생산비와 노동력도 전정에 의해 상당 부분 좌우된다. 구로다 선생 방식, 나리타 선생 방식 등 일종의 학파가 형성되어 있을 만큼 중요한 기술이건만.

늦은 학생들은 교육받고 돌아서는 즉시 뭘 배웠더라 잊어버리고 잘려 나간 가지에 붙은 꽃눈만 안타깝고, 이

앙상한 가지에 그 커다란 사과가 열릴까 의심스럽고, 이른 봄볕만 마냥 좋아하는 갓 입학한 병아리들 같은데.

정작 교실에서의 첫 수업은 늙은 병아리들이 버틸까 싶은 화생방 교육. 딴소리 말고 여기 적힌 그대로, 제날짜에 이 약을 치세요. 방제력이라며 나눠 주는 인쇄물에는 언제 어떤 농약을 치라는 내용으로 빼곡하다. 구체적인 농약 이름까지 적힌 방제력이라니 너무 심한 걸 싶은데 가혹한 교관의 한마디.

– 거기 올빼미. 무농약 사과에 대한 꿈 따위는 썩은 사과 도려내듯 도려내란 말이야. 나이 마흔이 넘도록 현실과 이상을 구분 못 하나. 약을 치지 않고 되는 사과는 없어. 복창! 약 없이는 사과 없다.

– 넵! 약 없이는 사과 없다! (어디 10년쯤 뒤에 두고 보라지.)

너무 심했다 싶었는지 그다음 시간에는 천적을 이용한 해충 방제 방법을 강의한다. 듣노라니 심장이 두근두근. 아, 이런 방법이. 고추밭 옆에 옥수수를 왜 심나 했더니. 사과원의 잡초는 그냥 두라던 이유가 이거였네! 마흔 중반에도 배움으로 가슴이 벅차다. 아아, 그런데 곧이어 들리는 이웃들의 수근거림.

- 고추밭에 옥수수? 옥수수 진딧물이 고추밭 다 망칠 낀데.

- 사과밭에 풀 난 꼬라지 좀 보라니까. 저래 놓고 농사짓는다고.

나는 로터리형 인간이다. '로타리'라 부르면 어쩐지 촌스러운 회전 교차로. 신호등에 걸릴 때마다 생각한다. 나는 아무래도 로터리형 인간이군.

군청 앞 신호등에 걸린다. 이 삼거리의 신호등은 이곳이 얼마나 한적한 시골인가를 확인시켜 주는 용도로만 쓰인다. 차는 없고 신호는 길다. 그냥 갈까? 양심냉장고. 기다릴까? 차가 다녀야 기다리는 보람이 있지.

세상은 온통 신호등형 인간들로 가득하다. 가라면 가고 서라면 서고. 신호등형 인간들은 세상이 가거나 서는 이진법 외의 것으로 구성되는 것이 불편하다. 사랑하거나 미워하거나. 그립거나 저주하거나. 연민이나 애증, 애처로움 따위는 그저 빨강과 파랑 사이 잠깐 켜지는 노란 신호일 뿐. 교차로마다 신호등을 설치하고 모두가 평화로울 때까지 교통정리. 차 따위야 다니거나 말거나. 호르르

록 삑삑!

　로터리형 인간은 생각한다. 신호등 자리에 로터리를 만들면 눈치껏 돌고 돌아 제 갈길 가련만. 빨강 파랑 신호를 대신하는 건 약간의 눈치와 서툰 배려. 먼저 들어온 차는 먼저 가라지. 잘난 차도 먼저 가고. 나는 바쁠 것도 잘난 것도 없고 보아하니 다들 눈치껏 교차하면서 눈치껏 돌아 나가더만. 신호 따위 내 알 바 아니고. 그럭저럭, 이만저만.

　그러니 지금 군청 앞 삼거리에서 갈등하는 것은 순전히 공무원들이 탁상행정으로 신호등을 설치한 탓. 여기는 말야 신호등이 아니라 로터리가 필요하다고. 하루에 몇 대 다니는지부터 세어 보란 말이야. 그런데 지금 나는 가? 말아?

　　　　　　　　　　나무가 안 이쁘다고 사과까지 안 이쁘게 달리는 건 아니니까요.

　전지를 한다. 전지는 사과 농사의 8할. 수확량을 결정하고 사과의 크기며 색깔, 맛까지 좌우하는 사과 농사의 하이라이트. 구로다파니 나리타파니 일종의 학파까지 형성되어 있는 사과 농사 기술의 결정체. 그러니 나 같은 머리 나쁘고 체력도 저질인 농부는 전문가를 초빙할 밖에.

일일 싸부께서 말씀하셨지. 톱과 가위만 있으면 전지는 아무나 해요. 아무렇게 잘라도 꽃눈이 있는 이상 사과는 맺히고 맺힌 사과는 다 동그랗고 예쁘지요. 중요한 건 왜 그 가지를 잘랐는지를 아는 거예요. 그걸 아는 게 전지의 핵심인데 아는 데 10년쯤 걸린다는 게 문제랄까요.

톱과 가위보다 중요한 건 상상력. 두 달 뒤면 풍성할 꽃과 잎, 잎이 만드는 그늘, 바람에 흔들리는 열매까지를 상상하면 50점. 열매 무게로 가지가 처지고 처진 가지로 인해 다시 새 가지가 돋는데 그 가지가 받을 수 있는 볕까지를 상상하면 70점. 사과나무가 무뚝뚝하게 건네는 '힘들어', '간지러', '목말라' 소리까지 들을 수 있으면 100점.

이 앙상한 가지에 달릴 사과조차 상상되지 않아 엿장수처럼 가위를 놀리는데 싸부가 말씀하신다. 비우는 게 중요하다잖아요. 욕심난다고 가지마다 사과를 달면 사과는 잘고 나무는 해거리를 겪어요. 조금 모자란 듯, 조금 아쉬운 듯. 사는 것도 그렇잖아요.

뭔들 아닐까요. 조금 모자란 듯, 조금 아쉬운 듯. 그래야 하는데 겨울은 벌써 다 지나 냉이가 돋는데 저는 어쩌자고 터무니없이 모자라고 택도 없이 아쉽고 그리운 걸까요. 꽃눈이 이만큼이나 부풀었는데.

어쩌다 농부가 되어 꽃을 자른다. 전지는 모진 일. 종일 꽃눈을 자르고 돌아오면 손이 저리다. 날은 벌써 덥고 꽃눈은 저만큼 부풀었는데 어쩌다 나는 농부가 되어 이 이른 봄날 종일 꽃눈을 자르고 있다.

자르지 않으면 내가 잘릴 테지. 자르지 않으면 꽃눈마다 꽃 피어 죄 탁구공만한 사과로 맺힐 테니 그 사과 팔아 아이 운동화 사고 태권도장에 보내는 일이 대략 난감해질 터. 그러니 꽃눈을 잘라야 하는데, 그래도 꽃을 자르는 건 섭섭한 일. 겨우내 가지를 치고 꽃눈을 땄으니 그만 섭섭해도 되는데, 피지 못하는 게 어디 사과꽃뿐이랴 싶은데.

꽃은 피어야 꽃이지. 온 밭이 환해야 사과꽃이지. 온 밭이 환하고 온 산이 환하고 온 천지가 환해서 하이고매

저 열매를 언제 다 솎을까나 더러 울다가 어느 비 온 날 후두둑 자취 없이 꽃 지고 잎 지고 사과꽃 지는 풍경 따위는 모른 척 풀이 자라고 깜빡 졸았더니 봄이네 싶은 봄을 맞아야 할 터인데 꽃은 무슨 꽃.

종일 꽃눈을 자르다 돌아오는 저녁. 아이고, 디다 디.

이별은 대개 구차하다. 대부분 구질구질하고 대체로 군색하다. 쿨한 안녕은 늘 남의 얘기. 나의 이별은 언제나 그녀가 쓰던 칫솔을 버리지 못한다거나 그녀를 위해 긁었던 카드 고지서에 잔고를 걱정하는 지지리 궁상.

술 취해 전화하고 모른 척 받아 주고 아닌 척 만나서 남겨 둔 칫솔을 다시 쓰는 몇 번의 지리멸렬을 거치고야 간신히 헤어지는 저 찌질한 이별에게 자연이 보여 주는 '이별을 대하는 아름다운 자세'.

축복처럼 4월에 눈이 내리고 그 눈이 폭죽처럼 녹아내리는 아침. 낙엽송이, 자작나무가, 오리나무가, 신갈나무가 눈을 털며 실로폰처럼 노래하나니

'너무 길고 추웠던 겨울이여, 안녕!'

감자비 대신 감자눈이다. 호박 심고 내리는 비는 호박비, 참깨 심고 내리는 비는 참깨비. 감자 심고 비가 오길래 고마우셔라 감자비가 오시네 했더니 밤새 감자눈이다. 눈이어도 좋지. 우박 아닌 게 어디람.

눈 쌓인 동백은 보길도에서 보았으되 설중매를 볼 줄이야. 매화는 눈 속에서 독야청청한데 오마니는 홀로 환한 매화보다 저기 뜨문뜨문 붉은 진달래가 마음 쓰이시나 보다.

- 눈을 맞디마는 참꽃이 호죽주그리하네.

오마니는 진달래를 참꽃이라시지. '참'이 붙은 것은 다 먹을 것. 참미나리, 참깨, 참외, 참나물. 냉이는 벌써 캤고 두릅은 아직인데 거듭 물을 들이켜도 배고프던 시절 오마니는 참꽃을 드셨다지.

- 참꽃도 마이 먹으면 허기는 끈다니까. 두 손이 뻘겋도록 따 먹고 나면 그놈의 설사가 참.

배앓이를 알면서도 먹어야 했던 참꽃. 뜨문뜨문 산허리에 붉은 진달래. 그래서 오마니는 '미친년 머리에 꽃 꽂은' 것 같이 핀다시지. 그 진달래는 눈을 맞아 '호죽주그리'하구요 설중매는 독야청청하거나 말거나 아이고 오마니, 4월 뜬금없는 감자눈 속 설중할매는 발이 시려 어쩐대요.

　　　　　　　　　예전에 말이야 예덕선생[*]이라
는 분이 계셨어, 예덕선생. 온 동네를 다니면서 똥을 푸신 분이지. 그 양반 스타일이 이래. 딱 변소 앞에 서면 말이야, 너 똥? 나 예덕이야. 그리고 바가지로 열나게 푸는거야. 변소 바닥이 드러날 때까지. 열나게!

　장담컨대 예덕선생 즉 똥퍼아저씨가 없었다면 우리민족은 호미 대신 말고삐를 잡고 대륙을 노략했으리. 농경문화에 끼친 똥퍼아저씨의 공이야 진작 연암선생이 기린 터, 후생은 똥퍼아저씨로 상징되는 밥의 순환이 놀랍고 새삼스럽다.

　밥을 먹는다, 똥을 눈다, 모인 똥을 똥퍼아저씨가 밭으로 나른다, 그 똥을 거름으로 농부가 농사를 짓는다, 수확을 한다, 수확한 곡식으로 밥을 지어 먹는다, 그리

● 예덕선생 : 박지원의 한문 소설 『예덕선생전』의 주인공. 마을 안의 똥 거름을 쳐내는 것으로 생계를 삼았는데 가난하게 살면서도 의롭지 못한 이익이나 편안을 구하지 않았다.

고 또 똥을 눈다. 밥이 똥이고 똥이 밥인 소박한 밥의 한살이.

이 완벽하게 생태적인 사이클이 깨진 건 화학비료가 똥의 자리를 대신하면서부터다. 비료를 뿌리기만 하면 똥거름 뿌리던 시절보다 2배나 수확하는데 굳이 똥장군을 져야 할 이유가 무엇이랴. 이 마법의 가루 덕분에 아이들은 아무 곳에서나 대소변을 볼 수 있게 되었고- 울 오마니는 어렸을 때 들이나 남의 집에서 볼일을 보면 왜 거름을 버리냐고 외할아버지께 혼이 나셨단다- 어른들은 계절마다 두엄 더미를 뒤집는 수고를 면할 수 있게 되었다.

그렇게 화학비료를 거름으로 농사지은 지 대략 반세기. 증산이 목표였던 시절은 진작 지나 먹기는 쥐똥만큼 먹는데 살 빼는 것만 걱정인 희한한 시절이 되었지만 화학비료 사용량은 줄지 않는다. 땅이 점점 산성화되는 것은 당연지사. 그 땅에서 나는 먹거리는 부실공사. 그 먹거리를 먹는 우리 아이 아토피만 노심초사.

화학비료 사용량이 줄지 않는 이유는 한 됫박의 깨알 수만큼이나 많지만 어쨌거나 나는 담배를 끊었고 담배를 끊은 것처럼 화학비료도 차츰 끊을 예정이다. 똥퍼 아저씨가 완성했으되 지금은 끊어진 밥과 똥의 완벽한

순환을 복구하는 길이야말로 우리 아이 아토피를 치료하는 유일한 방법이라고 믿기 때문이다.

그래서 굳이 파쇄기를 빌려 전정한 사과나무 잔가지를 부셨다. 밭에 뿌리면 결국 거름이 될 테지. 성경에도 있다지 않던가. 가이사의 것은 가이사에게, 땅에서 난 것은 땅에게.

4월 16일

그곳에서의 수학여행은 어떠니

거기도 제주처럼 유채꽃이 환하고

유채꽃보다 환한 까르르 소리

더러는 '진도 나가요' 하는

밉상 친구가 있니

여기는 글쎄

진도가 영 안 나가는구나

그러니 오히려 안심하렴

언제고 돌아오는 날

네가 펴 둔 교과서

그 페이지 그대로

노란 책갈피를

꽂아 뒀으니.

　　　　　　　호두나무를 심었다. 접목이 아
닌 실생묘를 심었으니 호두를 얻자면 7, 8년. 마흔도 넘
겨 쉰 중반에야 겨우 결실을 얻겠네. 그사이 올림픽과 월
드컵이 두 번, 어쩌면 외계인이 지구를 침공할 수도.

　호두나무가 제 구실을 하려면 20년, 청설모에게도 나
눠줄 만큼 열매를 맺으려면 30년, 그늘에 앉아 장기판이
라도 펴자면 40년쯤의 시간이 필요하다지. 나도 이제 그
늘을 펼 나이. 둘러보니 그늘은커녕 회초리 하나가 달랑
꽂혀 있네.

　기실 나이 드는 건 별게 아니지. 올해는 어금니가, 내
년에는 왼 무릎이, 낡고 닳아 삭는 일이지. 그사이 호두
나무는 자라 열매를 맺을 테고 호두나무와 더불어 아이
도 자라 늙은 나 대신 호두를 수확할 터이지. 나무까지
는 바라지도 않아. 그저 호두 열매 같기라도 할 양이면.
단단한 껍질 속 기름진 영혼을 가질 수 있다면.

아무래도 날이 꾸물꾸물한 것이 금방 쏟아지겠네. 나무를 심자마자 오는 비는 얼마나 고맙나! 물 길어다 주는 품을 거저 벌었구나. 살다보면 더러 이런 재수가 있어야 또 맛이지.

내 친구 배수환. 20년 전 제대하고 사과 공판장에서 궤짝당 50원씩 받으며 상하차 일을 함께 했다. 그리고 나는 복학을 하고 그는 고향에 남아 사과 농사를 시작했다.

떡이 크면 떡고물도 크지 싶어 전공 취향 무시하고 돈을 좇아 사회에 발 디뎠을 때 그가 심은 사과나무는 겨우 열매를 맺고 있었다.

원래 떡고물은 덩어리가 아니라 가루였다는 참 당연한 사실을 사회생활 10년 만에 무참히 깨달았을 때 그의 사과나무는 중후한 중년. 내가 이미 바닥에 떨어져 못 먹게 된 떡고물 근처를 못내 아쉬워 서성거릴 때 그는 또 다른 밭에 사과나무를 심었다.

코를 찌르는 떡고물 쉰내를 풍기며 빈털터리 몸으로 귀향했을 때 그는 나에게 사과나무 가지치기 하는 법을 가르쳐 주었다.

이 봄, 그는 20년 전에 심었던 나무를 베었고 나는 사과나무를 몇 그루 심었다.

그리고 사과나무에 벌레잡이 기름을 뿌리려다 바람이 불어 포기한 봄의 한낮. 그와 잔디밭에서 낮술을 마셨다.

1994년 486 DX2 66을 조립한 이후 참 많이도 만들었다. 문과생이 PC를 조립하고 윈도우를 깔고 홈페이지를 만드는 재주가 있다고 주변에서 신기해 했다. 나름 얼리 어답터였으나 먹고사는 일에는 별무소용.

글 쓰는 일이 좋았다. 아름다운 문장에 늘 미혹되었으며 단어 하나를 낚았다 풀어 주느라 밤을 새기도 했다. 하지만 보고서와 기획서에 '미혹' 따위 단어는 결재 불가여서 한때 글 쓰는 일로 밥벌이를 삼을까 시도했으나 실패.

내비게이션도 없이 10년 전에 만났던 부산의 고객 집을 다시 찾는 운전 능력을 살렸으면 먹고사는 일이 좀 수월했을까. 용접하고 기계 고치는 재주는 다들 아깝다고 했었다. 일주일만 어깨를 풀면 다시 수타면을 뽑을 자신도 있건만, '12가지 재주에 저녁거리 없다'는 속담이 내 얘기인가 싶던 서울살이였다. 어쨌거나 서울이여 안녕. 귀농을 하고 농부가 되었는데 오호라, 쓸모없던 재주가 몽땅 불려 나와 제 몫을 한다.

휴대폰도 안 터지는 골짜기에 와이파이를 설치하고 와이파이를 통해 카톡, 페북을 하면서 판로 개척. 같잖지도 않던 얼리 어답터가 쓸모 있어지더니 사과 박스에 함께 보낸 글 한 줄에 내 농사가 미덥단다. 처음 운전하는 트랙터며 SS기가 익숙한 것은 운전 능력 덕일 테고 용접을 못 했으면 창고를 못 지었겠지. 어제도 감자 두둑을 짓다가 관리기가 고장 나 카뷰레터를 뜯어고쳤으니 그 재주도 나름 쓸모가 있고 수타면이야 뽑을 일 없겠지만 대신 짜장을 볶아 고추 딸 때 참으로 낼 계획.

그러니 세상의 모든 다재무능한 이들이여, 귀농하라! 그대를 위한 직업이 기다리고 있나니.

농부의 주적은? 병충해? 태풍? 중국산 농산물? 농협?

텃밭이라도 가꾼 이는 안다. 농부의 주적은 '풀'이다. 인류 농업의 역사는 풀과의 싸움을 기록한 대하 서사 난중일기. 우리가 심고 가꾸는 모든 작물은 풀에 비해 열세다. 고추모 옆에 난 바랭이 한 포기를 안 뽑고 지나쳤다면 수확은 기대 난망. 고추모가 1센티미터 자랄 때 바랭이는 5센티미터쯤 자라 고추를 덮는다.

시골 할매들 허리가 저리 굽은 것도 평생 호미 들고 쪼그리고 앉아 김매기를 한 탓이고 옥수수의 유전자를 조작하는 것도 제초제에 견디도록 하기 위해서다. 풀을 지배하는 자가 세상을 지배한다.

자연농법이나 태평농법처럼 풀과의 상생을 도모하는 농사도 있지만 모든 작물에 적용되지는 않는다. 유기농의 인정 범위는 나중에 다투기로 하고 제초까지를 손으로 해야 하는 유기농 농사라면 곧 간단한 산수 문제에 부딪힌다.

손으로 제초하며 농사지을 수 있는 한계 면적은 대략 2,000평. 밭 300평 한 마지기에 평균 기대소득은 100만 원. 따라서 유기농하자고 손톱이 빠지도록 풀을 뽑았는데 새우깡 한 봉지 마음 편히 못 사 먹는 사태를 피하려면 '유기농' 딱지가 붙은 감자값이 최소한 지금의 5배가 되어야 한다는 결론. 그런데 가뜩이나 비싼 마트 감자에 확인도 안 되는 '유기농' 딱지를 어찌 믿고 지금 값의 5배? 삶은 호박에 이도 안 들어갈 소리다.

그래서 덮었다. 검은 비닐. 당신이 유기농 감자를 5배 비싸게 사 주지 않을 것 같아 저렇게 비닐멀칭을 해서 풀이 못 자라게 했다. 나 역시 습관적인 비닐멀칭에는 결사반대하지만 바랭이, 명아주, 여뀌가 자라는 속도를 보면 자꾸 식충식물이 사람 잡아먹는 호러 무비가 떠오른다. 그래도 비닐멀칭이 마음에 걸려 저 작은 밭에 15톤 트럭 3대분의 발효 거름을 넣고 유기농 흉내를 내었다. 그러니 좀 봐주시라. 나도 먹고는 살아야지.

마을을 이끌자면 뭘 마이 믹이야 되고 농사를 짓자면 뭘 마이 배워야제. 그런데 두 가지를 다 하자면 대구에 가야 한다. 경북농민사관학교 마을영농 CEO과정. 늙은이만 남아 진작에 무너진 마을공동체를 복원하도록 경북도가 프로그램을 만들고 지원한다. 덕분에 한 달에 두 번 가는 경북대 캠퍼스. 밥풀 같은 이팝꽃 아래 쌀밥보다 환한 청춘이 캠퍼스를 오가더라.

"갸들은 모를 거야, 지들이 얼마나 이쁜지"라고 말하는 마흔 동생도 정작 자신의 스물에는 몰랐을 테지. 저기 등꽃처럼 아무렇지 않게 향기롭고 무심하게 빛나는 저 스스로의 청춘을.

공동체를 복원하면 뭐하겠노 다 늙어빠지가. 등꽃 같은 청춘이 지나가는 강의실 밖을 물끄러미 보던 영천 어른 한마디. 옆에 있던 상주 어른이 대꾸하시지. 그래도 나는 안 바꿀라네, 쟈들은 안 늙어 봤지만 나는 젊어 봤거든.

그 와중에 늙지도 젊지도 않은 나는 이팝꽃을 보면서 자꾸 배만 고프다.

새벽부터 이랑을 짓고 비닐을 씌웠는데 비가 주룩주룩, 감자는 또 언제 심누 젠장 하다가 문득, 전지하고 남은 잔가지를 부수려고 빌린 파쇄기 궤도가 벗어나 아우 쌍 하다가 퍼뜩, 작년 고춧대를 뽑다가 가지에 눈이 찔려 제기랄 하다가 잠깐, 어 저기 진달래가 피었네!

그렇지 진달래, 아무렴 벚꽃. 목련은 진작 지고 자두

꽃이 필랑 말랑. 봄이라 일은 산더미. 잦은 비에 일이 늦어 매사에 다 씨근벌떡하는데 저기 경운기가 간다. 감자밭에 넣을 밑거름을 사러 가는 길. 마음은 급한데 추월 불가 쫄레쫄레.

봄에 경운기를 만나는 일은 다반사다. 길은 좁고 경운기는 안달을 내거나 말거나 느릿느릿. 저 경운기가 저기 갈림길에서 따로 가지 않는 이상 나는 그저 경운기 속도에 맞춰 갈 수밖에 없지. 클러치를 반쯤 밟고 브레이크를 밟았다 뗐다 하면서. '꽃송이가 꽃송이가 그 꽃 한 송이가 그래그래 피었구나' 흥얼거리면서.

해마다 봄은 그렇더라. 할 일을 생각하면 팔다리가 미리 아프고 일에 치여 앞뒤 없이 폭주하다가 덜커덕 경운기를 만나게 되더라. 좁은 농로에서 경운기를 만나 어쩔 수 없이 쫄레쫄레 따라가게 되더라. 가는 동안 아, 그래 봄이었지. 벚꽃도 피었고 금방 살구꽃 피겠네, 후아 저기 저기 저 진달래!

경운기는 갈림길에 닿기도 전에 논두렁에 바퀴를 넣으며 억지로 길을 비킨다. 갑대할배시네. 차창을 내리고 인사를 건넸다. 뭐 하러 일부러 비키시니껴. 아, 요새 세상에 경운기가 길을 막으면 쓰나. 봄이라 바쁘시지요? 바

뻘 게 뭐 있다고. 늙으면 봄이 꼭 경운기 같지 뭐.

그러네요. 봄이, 경운기 같은 봄이 천천히 흘러가고 있네요.

꽃이야 아무렴 저 좋을 때 폈다 지지. 벚꽃은 배고파 아우성이더니 금새 지고 개나리 맨숭맨숭 폈다 지더니 이제는 너나없이 중구난방 흔전만전 피는구나.

아무렇게나 펴야 봄이지. 산허리에 질끈 치마끈 매듯 복사꽃이 피고 산머리에는 하얀 조팝꽃, 만화방창 아무렇게나 피고 아무렇지 않게 지는데.

그래 봤자 열흘이지. 꽃 좋아야 열흘이고 틀림없이 화무십일홍이지. 맨날 화사하고 맨날 눈부실 리야.

나도 그럴 줄 알았어. 맨날 빛나고 맨날 환할 줄 알았는데 피고 보니 할미꽃. 병아리마냥 깜빡한 사이 보풀 같은 봄볕이 부숭부숭 온몸에 묻었구나. 그런데 어쩌자고 자꾸 눈물이 나누.

　남들은 나고 자라고 눈부시게 사랑하다가 그만 늙어
할매가 된다지. 나는 날 때부터 할매라서 그 눈부신 날
을 모른다네. 그래도 목련이 저 꽃을 피우자고 겨우내 눈
밭에 까치발로 서 있었다는 건 알지. 저 진달래는 무덤
가에서 오래오래 혼자 남은 이를 생각했다네. 냉이도 꽃
이 핀다고 사람들이 우습게 여길 때 나는 꽃조차 없는
쇠뜨기가 마음 쓰였다네. 할매들은 원래 그렇지.

　그러니 할미꽃 보거든 하찮다 마시게나. 눈부신 한때
는 못 가졌으되 눈물겨운 연민의 꽃 정도는 피울 수 있
다네. 꽃 같은 자네에게 늙은이 잔소리가 귀에 닿기나 하
겠나만은.

　　　　　　　　꽃을 딴다. 손톱으로 꼭꼭 눌
러 사과꽃을 따다 보면 손톱에 꽃들의 비명이 물들어 손
이 아프다.
　하기야 원래 사과꽃은 나무의 비명이지. 사과꽃은 사

과나무가 외치는 간절함이지. 땅이 거름지고 물이 넉넉하면 굳이 꽃을 피우지 않더군. 저 스스로 자라기에 바빠 꽃을 피우고 후손을 남기는 일 따위 까맣게 잊더군. 어떤 해는 아예 꽃이 없어 농사를 망하게도 하더군.

그래서 적당히, 적당히 나무에게 스트레스를 주고 적당히 성가시게 굴어야 엇, 뜨거라! 꽃을 피우더군. 그러니 사과꽃은 원래 비명인데.

엇, 뜨거라! 꽃눈 하나에 피는 꽃은 다섯 개. 필요한 사과는 한 개. 나머지 꽃 네 개를 다 따야 하니 비명이 절로 나오지. 사과꽃은 온 천지에 뭉게뭉게, 사과원은 3,000평. 세상에서 가장 아름답고 징글징글한 꽃. 봄볕도 엇 뜨거라, 환장하게 좋구마는.

사과꽃이 진다. 꽃은 지는데 툭 지지 않고 한 잎 한 잎 떨어진다. 그 잎잎마다 환하고 눈부셔서 바람 부는 사과나무 아래 서면 꽃비에 옷이 젖는다. 그냥 젖지 않고 환하게 젖는다. 그러니 마셔야지.

4월은 변덕스러웠지. 진달래, 벚꽃, 이화, 도화, 자두꽃 4월에 피었다 4월에 지고 꽃 피는 배경도 흐렸다 맑았다

흙비 두어 번에 연초록으로 바뀌는데 어쩜, 저 연초록의 애틋함이라니. 꼬물꼬물 안간힘을 쓰며 내미는 저 잎의 간절함이라니. 그러니 마셔야지.

꽃이 이리 좋았었나. 꽃이야 원래 좋지만 꽃 같던 시절이 다 지나 더 그렇지. 어허, 늦둥이 축하하자고 모인 자리에 꽃 시절 다 지났단 말은 섭하지. 아무렴, 자네는 이제 술만 줄이면 되겠구만. 늦둥이 장가갈 때 우린 칠순인데 몸을 챙겨야지. 그런 의미에서 또 건배. 술잔 건너 사과꽃이 솨아아 솨아아.

지상에서 가장 바쁜 날을 보내고 있다. 일과를 볼작시면, 방제는 무풍이 기본. 그런데 바람도 사람과 같은 시간에 자는 이유로 새벽 5시에 사과원 방제 시작. 사과꽃은 피었다 지고 꽃 진 자리에 사과가 맺혔는데 들여다볼 짬이 없구나. 3,000평 사과원 방제를 아침 먹기 전에 끝내고. 헥. 커피 일 잔.

아침 먹고 고추밭으로 출동. 어제 로타리를 쳤으니 오늘은 두둑을 지어야 하는데 이놈의 관리기는 시동이 안 걸리네. 새 '뿌라꾸'로 갈고서야 스타트. 6마력짜리 관리기라고 우습게 봤다가 말 6마리에 육시를 당하는구나. 두둑을 지으며 4킬로미터쯤 뒷걸음치고 나니 온 삭신이 아픈데 이제야 겨우 점심. 헥헥. 근육통에는 커피가 특효라서 또 일 잔.

오후 일정은 청년회 기금 마련 두레. 청년회 형님들이 다 모여 중간뜰 김씨 어른네 밭 세 마지기 로타리 치고 두둑 짓고 비닐을 덮는데 어, 저 산 너머 흰 연기는 뭐로? 산불 났니더. 소방대는 마카 출동! 나만 남았네. 하여 비닐 덮는다고 관리기에 밀리며 또 3킬로미터쯤 뒷걸음. 헥헥헥. 오후 참은 또 커피로구나. 지화자~.

해 저무는데 바람은 또 무슨 심술이냐. 하우스 창을 닫으며 살펴보니 고추 모종에 진딧물이 붙었구나. 하지만 이미 기력 소진. 진딧물은 내일 보자. 엉금엉금 집으로 돌아와 막걸리 한 잔 마시고 기절하며 시계를 보니 8시 반.

그런 날들이고 그런 농번기다. 그런데 자다 깨어 이 글을 쓰고 있는 지금은 새벽 3시.

　　　　　　　　　　모든 농부는 철학자다. 농부는 끊임없이 뒤를 돌아보는 사람이기 때문이다. 작물을 심으려면 두둑을 짓고 비닐을 덮어야 하는데 이 작업은 관리기를 후진하며 운전해야만 가능하다. 옆 이랑과 적당한 간격인지, 밭의 경사는 어떤지, 밭 경계는 어딘지 계속 뒤를 살피면서 뒷걸음치지 않으면 이랑은 곧 지렁이 지나간 자국이 된다.

두둑을 짓고 밭 장만이 끝나 작물을 심을 때면 철학하는 농부의 본색이 드러난다. 오늘은 검정콩을 심어 볼까나. 이랑은 길고 심어야 할 콩은 두 마지기 15,000알쯤. 이걸 언제 다 심나 걱정은 얼치기 농부의 몫. 진짜 농부는 지금 심는 콩 한 알만 생각하더군. 이따 심을 콩 15,000알은 이따 심을 거니까 이따 생각하고 지금 손에 들린 건 그저 콩 한 알, 고추 한 포기.

평생을 속아 왔지. 더 좋은 대학, 더 좋은 직장, 더 넓은 집, 더 나은 내일을 위해 오늘은 참고 견디고 감내하라고. 하지만 살아보니 더 나은 내일은 언제나 내일이기만 하더군. 다들 죽자고 오늘을 살았는데 내일은 더 죽어날 게 뻔해서 아, 어제는 그나마 좋았지 하며 살게 되더군. 어느 누구도 지금 여기, 오늘 이곳의 삶이 중요하다고 말해 주지 않았는데, 농부는 "그 뻔한 걸 여태 몰랐어?" 하며 콩을 심고 있더군. 콩 한 되 값이 두부 한 모 값이 되거나 말거나 콩을 심고, 고추 한 근이 짜장면 한 그릇 값이 되거나 말거나 고추를 심더군.

심는 일은 언제나 오늘 해야 할 일이고 거두는 일은 아예 기대 밖의 일이더군. 내일은 서리가 내릴지도 모르고 추수 전날 우박이 내릴 수도 있지. 하늘이 반 짓는 농사, 농부는 그저 오늘 할 일을 오늘 하고 삽을 씻고 돌아가는 저녁에 막걸리 한 잔 마시면 그걸로 좋은 거지. 내일 닥칠 태풍 따위는 내일 또 어떻게 될 터. 우박 걱정하다가 저리 예쁜 찔레꽃을 그저 지나면 저만 손해란 걸 농부는 몸으로 알더군.

새야 새야 콩새야 전자파에 몸 해칠라 어쩌자고 단자함에 둥지를 틀었니. 모내기를 하려면 물을 퍼야 하고 물을 푸자면 양수기를 켜야 하는데 새야 새야 콩새야 네가 스위치를 올려 주면 억지로 문을 열어 새끼들 놀래키지 않으마.

전신주 위라 뱀 걱정 없고 높이가 있으니 들고양이 점프로도 닿지 않고 비바람 가리는 상자 안이라 둥지로는 딱인데 아뿔싸, 얼치기 농부가 문제구나. 콩새는 무슨, 콩 심다 만나 콩새면 팥 심다가 만나면 팥새게? 아이고 우리 새끼들 놀랐으면 어쩐다지. 얼른 스위치 켜고 꺼지라고 이 멍청아!

                      30센티미터 간격으로 고추를 심으며 3킬로미터쯤 게걸음을 치거나 열흘째 말도 못하는 사과나무를 붙잡고 적과*를 하다 보면, 고추가 싫고 김치가 싫고 김치를 먹는 당신들도 싫어지다가 문득 중얼거리게 된다. 사과 대신 오렌지를 드시라니깐.

   3킬로미터가 5킬로미터가 되고 열흘이 보름이 되면 중얼거리는 일 따위도 사치가 된다. 그저 고추를 심고 고추를 심고 고추를 심다가 열매를 솎고 열매를 솎고 열매를 솎는데 의지와는 상관없이 제 스스로 움직이며 고추를 심고 열매를 솎는 팔다리를 멀거니 바라보며 오롯이 붙잡게 되는 화두는 '몸'.

   몸 아니고는 농사 따위 택도 없지. 몸 아니고는 참깨

● 적과 : 과실의 열매가 너무 많이 달렸을 때 알맞은 양의 과실만 남기고 따 버리는 것.

한 알 저절로 나지 않고 몸 아니고는 너른 들 모 한 포기 꽂지 못하지. 전열선을 깔고 상토를 마련하고 씨를 붓고 100일을 이불을 덮었다 벗겼다 물을 주며 가꾼 저 고추 모종 한 포기도 다 몸이 한 일이지. 거름을 넣고 밭을 갈고 이랑을 짓고 비닐을 씌우고 모판을 옮겨 고추를 심고 물을 주고 북까지 줘야* 겨우 고추를 심었다 싶은데. 휴대폰으로도, 돈으로도, 신앙으로도 안 되는 순전한 몸의 영역. 미련스러워야 겨우 하고 꾸역꾸역 아니고는 이룰 수 없는 저 지난한 몸의 일.

그러니 몸이 밭이고 몸이 밥이고 몸이 곧 우주인데 다만 지구 밖은 너무 멀어서 무릎이 고장 나지. 그래서 허리가 굽고 그러니까 팔을 못 들지. 연골이 닳도록 고추를 심고 어깨가 빠지도록 열매를 솎았는데도 희한하고 놀라운 건 몸의 고통은 언제나 새삼스럽고 늘 한결같다는 것. 매번 아프고 항상 아프지.

5킬로미터 고추를 심고 돌아와 숨 쉬는 것도 귀찮은 저녁. 몸은 딱 비에 젖은 겨울용 혼수 이불. 널자니 빨랫줄이 끊기겠고 펴자니 바닥이 진창인데 그래도 아아 집

• 북 주기 : 식물의 뿌리를 싸고 있는 흙을 북돋아 주는 일.

이구나. 장화를 벗고 손을 씻고 간신히 토마토를 썬다. 편맥은 이런 날을 위한 안배. 아프니까 청춘은 개뿔. 아프니까 기네스지.

        꽃이 왔다 갔다. 사과꽃은 왔다 갔으되 고이 가시잖고 VDT증후군*을 남기고 갔다. 웹디자이너에게나 어울릴 직업병이 농부에게 웬일일까만 사과꽃이 올 때 고이 오시잖고 두만강을 건너오는 중공군처럼 압도적으로 온 탓이다.

    예상되긴 했다. 지지난해의 긴 장마 탓에 꽃 없는 나무가 태반이었던 작년 봄부터 다들 올해를 걱정했었다. 해거리가 심각하네. 내년에는 꽃 대궐이겠구나.

    그런데 그 대궐이 창경궁, 덕수궁이 아니라 자금성이라는 게 문제. 세상에 이게 사과꽃이야 벚꽃이야. 올해 꿀벌은 왜 이리 부지런하담. 하여 꽃 진 자리에 맺힌 수많은, 셀 수 없는, 환장하게 많은 사과 열매. 일일이 솎아줘야 할 태산 같은 일거리들. 우리 사과원만 그런 게 아

---

* VDT증후군 : 컴퓨터 등의 영상 기기를 오랫동안 사용하여 생기는 신체 증상.

닐 테니 품 구하기는 애시당초 글렀고 결국 믿을 건 내 팔다리뿐. VDT증후군이 문제랴. 솎아 주지 않으면 가을에 사과 대신 구기자를 수확하게 생겼는데.

그래서 목 빠지게 비를 기다리는 중. 고추에도 급하고 감자에도 급하지만 비가 절실한 건 내가 일등! 비라도 와야 하루 쉬지. 비 오는 날이라야 한의원 가서 침이라도 한 대 맞지. 에고고, 팔다리 어깨 허리 목이야!

　　　　　　　　저 형님 지나갈 때 묻어나는 캡사이신 향기. 모내기 끝나고 뜬모°를 했나 보다. 저 아지매는 적과에 바쁜갑네. 한약 냄새가 나는 걸 보니.

신신파스는 허리에, 한방파스는 무릎에 좋다는 게 이 동네의 임상 결과. 잠들기 전 허리며 어깨, 무릎에 파스 한두 장쯤 붙이지 않고는 견딜 수 없는 날들이다. 새벽에 고추 심고 아침에 모내기하고 오후에 참깨 심고 저물녘에 적과를 하는 스케줄. 컴백한 아이돌 못지않은 스케줄인데 아이돌은 팬심으로 버티고 우리는 파스로 버

• 뜬모 : 너무 얕게 심어서 모가 떠서 착근이 안 되는 것.

틴달까?

품을 사고서도 못 끝낸 적과는 또 언제 하나. 사흘 꼬박 참깨 모종을 심노라니 '중국산 참깨도 괜찮아요'를 중얼거리게 되더라. 그래도 믿는 건 이 봄이 지나듯 바쁜 시기도 지날 거라는 것. 저렇게 뻐꾸기가 우니까, 봄은 뻐꾹 다 지났노라 뻐꾹뻐꾹 우니까.

쯧쯧. 아무리 농사를 몰라도 그렇지. 모를 논에 꽂아야지 산에 꽂으면 쓰나.

모를 낸다. 하늘이네 일곱 마지기. 멀쩡한 논을 묵힐까 보냐고 멀쩡한 청년회 열이 모여 모내기를 한다.

귀농했으나 농사를 생계 삼는 일이 가망 없어 주용이는 읍내로 나갔지. 주용이가 부치던 하늘이네 일곱 마지기. 모를 저리 잘 키웠어도 아이 셋을 키우려니 모를 심어서는 답이 없댔지. 차마 묵힐 수 없어 청년회에서 농사를 짓는다.

논 갈고 써레질은 대수형님이 하고 논둑에 자란 버드나무는 주석형님이 넘겼지. 논둑 풀은 상호가 베고 심는 일은 이장님 몫. 6조 얀마 이앙기면 그깟 일곱 마지기 다방 커피 배달 올 시간도 모자라지만 부녀회 점심 준비 시간이며 면장님도 구경 온다니 한 뙈기 심고 막걸리, 두 뙈기 심고 새참.

– 이렇게 사람이 많은데 이앙기 쓸 거 있나. 손모를 내세나.

– 손으로 심자면 사람이 열은 더 있어야지.

– 수타 짜장 맛있듯이 쌀도 더 맛있을 걸.

어려서 못줄 잡았던 기억조차 가물가물한데 농반으로 손모에 더 필요한 열을 꼽다가 맥이 풀린다. 사람이 어딨나, 당장 10년 뒤면 마을이 텅텅 빌 텐데.

– 아, 무슨 걱정이야. 좀 있으면 외국인 노동자들이 농사 다 지을 거야. 지금도 걔들 없으면 일이 안 되는데. 우리가 캄보디아 말 배워야 하는 날이 머잖았다니까!

– 통장 비밀번호가 우예 되니껴?

– 그게 내 주민번혼데 가만있어 보시더.

바지춤을 한참 뒤적여 주민등록증을 꺼내시는데 어이쿠 돋보기가 필요하시구나. 상비된 돋보기를 쓰고 비밀번호를 알려 주는 바, 당신 귀가 어두우니 농협 사람들 다 들리게 고함이다. 저 할매 비밀번호로 보건데 올해 여든을 넘기셨구만. 이크, 보이스피싱범이 들을라.

– 그래서 얼마를 찾으실라고요?

– 찾는 게 아니라 어디 보낼라고.

첩첩산중, 주섬주섬 계좌번호가 적힌 쪽지를 건네고 처음부터 다시. 아이고 할매요 받아도 시원찮을 연세에 송금이 웬 말이냐구요 하는 사이, 뒤에 할배는 미리 주민등록증을 꺼내 들고 계시는구나.

인터넷이야 안 하면 그만이고 스마트폰도 폴더폰이 있으니 필요 없지만 기초연금이라도 찾아 쓰려면 농협은 피할 수 없지. 그런데 창구는 번호표 뽑으라지 ATM기는 난공불락. 직원이 늘 ATM 옆에 있는 것도 그런 이유. 세월은 할매들을 우편환 시절에 남겨 놓고 저 혼자 비트코인 시대로 달아났다지.

하기야 할매들뿐이랴. 비트코인은 언감생심, 휴대폰에서 송금 가능한 농협 앱을 무료로 깔아 준다길래 나 역시 바지춤을 한참 뒤적여 겨우 한마디를 꺼냈다.

– 저 그런 거 못 써요.

이미 충분히 꼰대지만 최소한 꼰대인 건 아는 꼰대이고 싶어 가능하면 트로트와는 친하게 지내지 않으려고 노력하는 편이다. 그렇더라도 감자밭 명아주를 뽑거나 사과를 솎노라면 노동요가 절실하지.

유재하도 좋고 아바도 좋지만 감자밭 사래는 길고 길어서 매일 듣노라면 물리기 마련. 새로운 음악이 듣고 싶어지면 한국대중음악상 수상 내역을 뒤적인다. 덕분에 로큰롤라디오도 알게 되고 혁오도 접했지. 드럼과 신디 사이저만으로 펼치는 글렌체크의 라이브는 형식만으로도 놀라워서 아, 나는 꼼짝없는 꼰대구나 싶었는데.

놀랍게도 방탄의 음악이 들리더라. 몸으로 밥을 먹는 사람에게 음악은 귀가 아니라 몸으로 들리는데 희한하게 방탄의 음악이 그렇더라. 사과를 솎느라 사다리를 오르내리는 동안에도 거슬리지 않고 고추줄을 엮느라 종종걸음을 치는 동안에도 숨을 가쁘게 않더라. 무심코 '오마 이마이~' 흥얼흥얼 따라 하다가 방탄이 비틀스에 비견되는 이유를 깨달았달까.

한국어 가사는 반도 들리지 않고 중간중간 랩이며 후렴은 다 영어인데 뭐랄까 내 젊은 한때 일기장을 채웠던 청춘의 연민이거나 분노거나 맹목적인 사랑이며 무참했던 설렘 따위가 중년의 촌부에게도 선명하게 전해지더라. 세계의 청년들이 열광하는 건 그런 보편성이 언어의 장벽을 넘어서겠지 싶더라. 12살 아들이 가사를 이해하고 보헤미안랩소디를 좋아하는 게 아니듯.

애써 외면하던 모국어를 방탄 덕분에 스스로 공부한다는 교포 자녀 이야기를 들으면서 어쩐지 방탄이 고마웠던 건 서구에 대한 문화적 사대주의가 그렇게 슬그머니 금 가고 있구나 싶어서였지. 어쩌면 내 아이는 울진에서 시베리아 횡단 열차를 타고 파리를 가는 동안 우크라이나 청년과 케이팝에 대해 한국어로 대화할 수도 있겠구나 싶어서. 김구 선생이 원했던 아름다운 나라의 실체가 어렴풋이 보이는 듯 싶어서.

방탄을 들으며 김구 선생을 떠올리는 것만으로도 당신은 이미 꼰대라고! 방탄은 그냥 방탄! 닥치고 BTS! 후배 김태희는 이렇게 말하겠지만 미안, 차마 아미밤*까지 주문하진 못하겠네. 방탄이 귀에 들어온다지만 청춘에는 청춘의 정서가, 중년에겐 중년의 아모르파티가!

• 아미밤 : 방탄소년단의 팬 아미(ARMY)들이 사용하는 공식 응원봉.

애기똥풀꽃을 베는 마음이 똥 같다. 지칭개˚나 개망초꽃을 벨 때는 괜찮았는데.

뻐꾸기야 제 자식 그리워 운다지만 꽃을 베며 울 때가 있다. 먼 데 구름이 가고 모내기 끝난 논에는 개구리만 개골개골. 논둑을 베는데 저기 애기똥풀꽃 한 무더기.
예초기 엔진을 와랑와랑 높이다가, 명아주며 뚝새풀쯤 와랑와랑 넘기다가, 쳇 저게 뭐라고.

논둑을 베기만 하면 농번기도 넘기지. 더 이상 봄도 아니고 그렇다고 여름도 아니어서 저 애기똥풀꽃만 베면 이도 저도 아닌 한 시절 그럭저럭 이냥저냥 또 넘어가련만, 에이 젠장.

애기똥풀꽃을 베는 마음이 똥 같다.

• 지칭개 : 국화과의 두해살이풀.

summer ☼

3

여름

너무 빠르게도 말고 너무 느리게도 말고 그저 적당하게

내리 석 달을 가물다가 밤사이 계속 비가 내렸습니다. 오는
비는 또 어찌나 많은지 내성천에 황토물이 가득 내려가는
군요. "참 적당하기가 힘들어라." 안 올 때는 한 방울도 안
오더니 오는 비는 또 너무 많다고 어머니가 하시는 말씀입
니다. 너무 간절했던 비였음에도 이제 그만 그쳤으면 좋겠
는데 비는 여전하군요. 잘 계셨는지요.

가뭄이 지독했던 만큼 이 비가 반가워야 하는데 덜컥 겁
부터 납니다. 열흘 허기 끝에 먹는 고기에 체하는 것처럼
가물었다가 왈칵 비가 쏟아지면 작물이 탈이 납니다. 흔하
게는 자두 같은 과일의 당도가 떨어지고요, 토마토는 급격

한 수분 증가로 인해 열매가 터지기도 하고요, 참깨는 줄기가 물러져서 쓰러지기 일쑤입니다. 무엇보다 걱정인 건 비에 묻어 번지는 병해입니다. 내내 가물었으므로 작물의 기초 체력은 바닥인데 병해가 번지면 스스로 이겨 낼 가망이 적기 때문이지요.

농사라는 게 사람이 반 짓고 하늘이 반 짓는 일이다 보니 사람의 몫을 다하고 나면 물끄러미 작물을 들여다보는 일이 잦습니다. 마음 같아서는 참깨가, 고추가, 사과가 무럭무럭 자랐으면 좋겠는데 작물이 자라는 딱 2배의 속도로 바랭이가, 쑥이, 개망초가, 명아주가 자랍니다. 이 녀석들은 거름을 주지도 않고 따로 돌보는 것도 없는데 어쩌면 저렇게 잘 자라는 걸까요. 농사일의 절반은 풀과의 싸움이지만 제초제를 쓰기는 또 싫어서 매일 예초기를 등에 지고 살아도 녀석들이 자라는 속도를 이기지 못합니다.

　그렇다고 풀이 아예 없으면 또 땅이 망가집니다. 풀이 나
고 자라고 다시 그 땅에 묻히는 과정이 없으면 땅은 사막과
다를 게 없지요. 제초제가 무서운 것은 그런 과정을 싸그
리 녹여서 아스팔트 같은 땅을 만들기 때문입니다. 풀이 있
어야만 흙이 살집니다. 풀이 있어야만 땅이 부풀고 풀이 있
어야만 흙이 숨을 쉽니다. 그러니 또 얼마나 힘든가요. 풀이
많으면 제가 죽을 지경, 풀이 없으면 땅이 죽을 지경. 어머
니 말씀이 사는 이치처럼 들리는 것도 그래서입니다. "참 적
당하기가 힘들어라."

　이 비 그치고 장마가 지나면 진짜 여름이 시작되겠군요.
이 더위에 감자며 옥수수, 고추를 수확할 생각을 하니 벌써
겁이 납니다만 매번 계획대로 된 적이 없고 계획을 세워도

소용없으니 그냥 하는 거지요. 농사일은 늘 그냥 하는 거라고, 이랑이 길거나 짧거나 지금 일에만 신경 쓰면 벌써 이랑은 끝나 있다고, 너무 빠르게도 말고 너무 느리게도 말고 그저 '적당하게'. 어머니께 배워야 할 것이 너무 많군요.

　가뭄 끝에 폭우여서 사실 걱정입니다. 이 비도 그만 '적당'했으면 좋겠는데요. 당신의 여름도 그야말로 '적당히' 덥고 '적당히' 쉬는 사이 지나갔으면.

감자꽃 피었네! 감자꽃 피었으되 감자로 갈 양분이 꽃으로 간다고 모두 달갑잖은 꽃이라고 외면하는 사이 "그래도 꽃은 꽃이니까"라며 혼자 우는 뻐꾸기.

뻐꾹 미안하네 뻐꾹 나는 바쁜 몸 뻐꾹 여북하면 내 자식을 남에게 맡기겠나 뻐꾹 자식도 돌보지 못할 만큼 바쁜 이유를 뻐꾹 내 알려 줌세 뻐꾹 세상에 저길 보게나 저 얼치기 농부를 좀 보게나 사과꽃 진 지가 언젠데 아직도 뻐꾹 적과를 하고 있잖은가!

뻐꾹 세상에 감자꽃이 저리 환하면 잘라 줄 법도 하건만 뻐꾹 고추밭 지주대도 아직 안 박았네 뻐꾹 참깨밭이 가물면 물이라도 좀 주잖고 뻐꾹 저런 얼치기를 담당하려니 내가 얼마나 바쁘겠나 뻐꾹 뻐꾹 새벽 알람도 알리고 뻐꾹 뻐꾹 목이 아프도록 경고도 하건만 뻐꾹 통 나아질 기미가 안 보이네.

뻐꾹 봄도 다 지나 뻐꾹 마음이 급한데 뻐꾹 그러니 어쩌겠나 뻐꾹 올해도 뱁새 자네가 내 알을 맡아 줄 수밖에 뻐꾹.

올해도인가! 내가 자네 알인 줄 모를 것 같나. 작년에도 그 좁은 둥지를 자네 자식이 독차지했었지. 내 자식이 둥지 아래 떨어진 걸 보니 피가 거꾸로 솟더군. 솔직히, 아무리 이웃이래도 이건 아니지, 이건 아니지, 하는 순간이 있었네.

자네 자식도 둥지 밖으로 밀어 버릴까 하는 유혹이 나라고 왜 없었겠나. 그래도 보여 주고 싶었네. 황새걸음이 어쩌니 하면서 나를 밴댕이 소갈딱지 취급하는 세상에 나는 다리가 짧을 뿐 속까지 좁은 새가 아니란 걸 말일세.

작년에 키운 자네 자식이 올해 잠깐 인사를 왔더군. 고맙다고, 저를 키워 줘서 감사하다고. 눈물이 나서 한참을 울었네. 하기야 자네가 어찌 알겠나. 자식 키울 때의 그 살뜰함이며 애틋함을.

뻐꾸기 흉보다가 생각하니 내가 뻐꾸기였네. 나서면 새벽이고 집에 오면 철퍼덕 쓰러지는 생활만 석 달. 늘 잠든 아이의 이마를 짚어 보고 집을 나섰으나 아이는 항상 내가 못 보는 사이 불쑥 자라더라. 뻐꾸기 아비도 염치가 있는지라 토요일, 칫솔 3개 챙겨서 집을 나섰지. 아들의 '뻐까번쩍'과 아내의 '문화생활'을 함께 충족시킬 수 있는 곳을 찾다 보니 흐흐, 강원랜드. "저기요, 카지노 말고 가족이 함께할 게 있나요?" 해서 얻어걸린 공짜 공연. 월리 윙카의 초콜릿 공장 후계자를 찾는 경연에 메리 포핀스, 아바, 마이클 잭슨, 퀸 등이 찾아온다는 아스트랄한 내용이야 알 바 없고 신나는 노래에 대만족.

강원랜드가 있는 사북, 고한은 어딜 가나 땅도 3평 하늘도 3평. 이 산 저 산 참 첩첩도 하지. 쏟아질 듯 매달린 돼기밭 옥수수로는 먹고살 수 없어 다들 광부가 되었을 터. 이제는 석탄공사도 폐업한다는데 폐탄 더미 위에 쌓아 올린 저 거대한 판타지를 지탱하는 건 슬롯머신이거나 블랙잭 혹은 헛된 희망.

동해로 내려와 멸치 한 박스를 샀다. 사고 보니 여수 멸치. 멸치야 동해 남해 종횡사해 할 테니 상관없지만 저

멸치를 잡자고 여러 밤 흔들렸을 배 위의 생은 또 얼마나 위태로웠나. 광부거나 어부거나 혹은 농부거나. 더러는 갱이 무너지고 더러는 태풍에 그물을 잃고 더러는 폭우에 참깨가 쓰러져도 그러거나 말거나 아이들은 자라고 아비들은 다시 막장으로, 바다로, 새벽 들판으로 나가야 하는 법. 할 수 없지, 몸이 곧 밥이니까.

그러니 아들아, 책을 읽어 주다 아비가 먼저 잠들걸랑 미워 말고 베개를 받쳐 주렴. 택도 없는 소리겠지만.

어머니의 모내기. 저래 모내기 끝난 논 보면 참 시절 좋구나 싶어. 지금이야 모내기는 일도 아니고 논농사가 농사 중에 제일 쉬운 농사가 됐지만 우리 클 때만 해도 세상 힘든 게 모내기라.

내 어렸을 때 모내기 철 되면 아부지, 그래 너그 외할배, 얼굴 보기가 힘들었지. 동 트기도 전에 하마 논에 나가시네. 논을 갈자면 소가 있어야 되는데 그 소는 큰집에 달랑 한 마리야. 그 소 빌리자고 큰집 논 열두 배미*

• 배미 : 논두렁으로 둘러싸인 논을 세는 단위.

아부지가 다 갈아줬지. 큰집도 참 염치가 없어.

그렇게 빌린 소로 논을 가는데 배미는 삿갓배미, 하늘받이 천수답이니 물이 있나. 그 물을 댈라고 또 밤새도록 아부지는 용두레질을 하는 거야. 물이 찼다 싶으면 이랴 이랴 써레질 해야지, 써레질 끝나고 논 고르는 고무레질까지, 손 가죽이 벗겨지도록 일해야 겨우 논 장만이 끝나는 거지.

논 장만이 됐으니 모를 쪄야지. 지금이야 모판이 따로 있지만 그때는 못자리에서 일일이 모를 떠서 짚으로 묶었단 말이야. 이렇게 찐 모를 산 너머 한 배미, 개울 건너 두 배미 논마다 지게로 져서 날라 놔야 겨우 모내기를 하는 거야.

그것도 두레로 하려니 온 동네 모내기를 다해야 내 차례가 오는 거지. 그렇게 쌀농사에 허리가 부러져도 먹는 건 맨날 감자에 조밥이었던 게 참 희한하지. 그랬는데 이제는 트랙터에 이앙기면 모내기 걱정도 없고 먹을 소가 모자라서 한우값이 하늘이라매.

너그 외할배야말로 살아생전 소보다 더 부지런한 양반이었는데, 그놈의 노름에 빠져설랑 있던 논밭 노름판에 홀딱 말아먹었지. 생각해 보니 아이고, 아부지!

저무는 들은 눈물겹다. 저물면서 빛나는 논은 눈부시고 저물면서 멀어진 산은 아득하다. 일을 마치고 돌아오는 저녁, 저무는 논두렁에 앉아 저무는 들을 바라보는 일은 눈물겹다.

어쩌자고 생이 이 모양일까. 어쩌자고 날은 이리 가물고, 어쩌자고 봄이 다 지났나. 사과꽃도 지고 달갑잖은 감자꽃만 환한데 어쩌자고 나는 중년의 농부가 되어 저무는 들 한가운데 서서 지는 해를 멀거니 보고 있나.

누구누구 탓이었으면 싶더라. 베지 못한 감자밭 풀은 아무개 탓이었으면 싶고 싹도 안 나는 들깨밭은 가문 시절 탓이었으면 싶더라. 마흔이 넘도록 대책 없는 생계도 내 탓은 아닌 듯 싶고 나이가 들수록 주책없는 그리움 따위 나 몰라라 하고 싶더라. 그러고 싶더랬는데.

젠장, 날이 저문다. 아침에 지날 때는 빈 들이었는데 저물어 돌아가는 저녁, 모가 가득 심어져 있다. 모내기가 끝났으니 내일쯤 뜬모를 할 테지. 날은 자꾸 저무는데, 저물어 금방 어두워지는데, 저물면서 빛나는 들만 자꾸 눈물겨워서, 어쩔 수 없지, 가난한 이웃 더불어 저물 수밖에.

농부의 적은 논에도 있다. 소금물 속에도 미역이 자라는데 멀쩡한 민물에 풀이 없겠나. 올챙이고랭이, 물달개비, 올방개, 알방동사니 등의 논잡초는 낯설겠지만 피 정도는 들어 봤겠지. 올망졸망 귀요미송 가사 같은 이름이라고 가볍게 여기면 가을에 씨나락도 못 거두는 사태가 생길 수 있으므로 제초 작업은 필수. 그런데 제초제는 치기 싫고 써레질은 체력이 안 되고 작년처럼 농활 학생들을 기다리자니 물달개비 이 녀석이 논을 덮게 생겼으니 S.O.S.

도와줘요, 우렁각시!

아쉽게도 나는 유부남이라서 우렁각시를 안방 아닌 논에 모셨다. 우렁각시는 빨래와 밥을 해 주는 대신 잡초를 먹어 치울 것이다. 나는 논의 풀을 걱정하지 않아도 되고 당신은 농약 걱정 안 해도 되고 우렁이는 우렁우렁 잘도 커서 어느 가을 저녁 술안주가 될 테니 일석삼조.

우렁이를 넣으며 논두렁에 앉아 물속을 보고 있자니 얕은 물 표면에 공기 방울처럼 떠오르는 소리. 올챙이는 올챙올챙, 장구애비는 덕쿵덕쿵, 소금쟁이는 깨갱깽깽, 개구리는 개골개골, 물방개는 방울방울. 우렁이가 느리고 낮은 베이스를 담당하는데 그 모든 소리를 천천히 조율

하며 유영하는 거머리. 작고 낮고 느린 것이 모여 부르는 필사의 아카펠라. Let it be. Let it be.

詩가 오려나. 장염쯤 20대에는 소주로 씻어 내렸는데 마흔이 넘고 보니 약 먹고 사흘 내리 죽을 먹어도 회복이 늦다. 아침 먹고 자고 점심 먹고 자도 다시 저녁 먹고 졸리다. 깬 사이 듣는 감자꽃 지는 소식. 곧 옥수수꽃이 필 테고 마흔 중반도 한창인데 10년 만에 시집을 샀다. 6,000원이던 시집 한 권이 8,000원이 되는 동안 나는 직장을 얻고 아내를 얻고 아이를 얻고 서울을 떠났다. 한때는 시인이 꿈이었지. 빌어먹거나 거들먹거리거나 넝마주이거나 건설업자거나 한번 시인은 평생 시인. 시인 명함 뒤에 숨어 자두꽃 피는 이유며 돌콩 가지 뻗는 방향에 골몰하고 싶었는데.

강화도에 산다는 시인의 시를 가끔 읽을 때마다 그가 선택했다는 가난을 생각했다. 시 한 편에 3만 원. 시만으로는 살 수 없어 산문을 쓴다 했지. 시를 읽다 우는 꼴을 누가 볼까 봐 그래도 용케 10년이나 시를 멀리했는데 장염으로 변기에 앉아 시집을 읽는다. 말랑말랑한 힘.

가난한 시인에게 인세 800원을 보태 뿌듯한데 다 쏟아내 텅 빈 배 속 저 아래 무언가 말랑말랑거린다. 가문 날 바랭이 싹 같은, 그래도 말랑말랑거리기만 할 양이면, 저 눈물겨운 애기똥풀꽃 같은.

고추가 다년생 작물이란 걸 아는 이는 많지 않다. 늘 따뜻하기만 하면 5년이고 10년이고 느티나무처럼 커다랗게 자라 파랗고 빨간 수만 개의 고추를 버찌처럼 조롱조롱 맺을 수 있다. 하지만 현실은 가을 서리에 폭삭. 겨울은 늘 혹독했고 보릿고개는 높았으므로 가난한 이웃들은 봄, 여름, 가을을 겨울 동안의 양식 마련을 위해 바쳐야 했다. 죽자고 일해도 끼니를 걱정하며 살았으니 근면은 생존의 기본. 고추 같은 다년생 작물도 해마다 새롭게 심고 거두어야 하니 근면이 장려되는 건 당연지사인데 따지고 보면 모두 사계절 탓.

지금도 생각난다. '시에스타는 천하에 빌어먹을 민족들이 즐기는 게으름'이라던 중딩 때 세계사 선생. 그러면서 이어지던, 우리 민족은 천성이 부지런하고 그 덕에 먹고살 수 있게 되었으니 너희들도 부지런해야 한다던

勸勤면歌. 그런데 땡볕에 앉아 참깨를 솎다 보니 드는 생각. 아니, 시에스타가 어때서? 먹고살 만하면 낮잠 좀 잘 수도 있지. 이 땡볕에 부지런은 미친 짓이야!

그래서 잤다. 달고 맛있는 잠 끝에 팔라우가 떠올랐다. 연 평균기온 27도, 인구 20,100명의 남태평양 작은 섬 공화국. 다들 부지런하지 않게 산다는데 그래도 다들 행복하다지. 겨울 양식 걱정만 안 해도 그게 어디람. 연중 반팔 셔츠 몇 벌이면 될 테니 명품 백도 소용없을 테고, 명품 백이 소용없는데 더 멋진 차, 더 넓은 집에 집착할 리가. 그러니 게을러도 좋은 나라, 사계절이 없는 팔라우.

하기야 아침에 맑다 점심에 스콜, 오후에 폭염인 요즘 날씨 봐서는 우리나라도 곧 팔라우가 되지 싶다. 그러면 조금은 게을러져서 겨울 양식 걱정을 덜고 좀 더 행복해질까. 겨울 없어지면 스키장 슬로프에 고추부터 심을 민족이라 기대는 없지만. 나만이라도 勸농땡, 禁근면.

미분 적분 개념도 모른 채 대학을 갔다는 게 스스로도 대견하지만 이달치 대출이자 계산에도 써 먹지 못하는 걸 배우느라 매일 밤 10시까지

학교에 갇혀 있던 걸 생각하면 지금도 화가 난다. 주기율표를 원소 하나 틀릴 때마다 매 한 대씩 맞아 가며 외웠는데 대체 그걸 어디다 써 먹냐구!

미적분 대신 부가세 계산법을 배웠다면 어땠을까? 주기율 대신 염화나트륨으로 만들 수 있는 가장 맛있는 장아찌 비율 같은 걸 배웠다면. 우리가 배워 아는 그 모든 지식 중에 삶에 진정 필요한 것의 비율은 단언컨대 소주 도수 이하. 장을 담근 후 된장과 간장으로 나누는 장 가르기는 반드시 그 19.5퍼센트 안에 들어야 한다고 믿는데 아뿔싸, 배운 적이 없다.

고백하건대 오늘까지도 나는 된장과 간장이 어떻게 만들어지는지 몰랐다. 매일 된장찌개를 먹으면서도 장독에 메주 넣고 물 붓고 소금 넣은 다음의 일을 알지 못했는데 어머니는 보름 전부터 바람이 덜한 날을 기다리셨단다.

– 장 달일 때 냄새가 나거든. 이웃에 퍼지면 괴롭지.

오마니, 여기는 이웃도 없고 인적도 없는 골짜긴데요.

보름 기다린 일 치고 일의 졸가리는 단순하다. 메주를 장독에서 건져 으깨고 장독에 남은 소금물을 끓이면 끝. 으깬 메주가 된장이고 끓인 소금물이 간장이다. 장 담글 때 메주를 고운 망에 넣어 담았으므로 망을 건

져 메주를 꺼내고 으깨 준비된 독에 넣고 원래 독에 남은 소금물을 솥에 옮겨 끓인 다음 새 독에 부었다. 뜨거운 간장이 독 표면으로 배어 나왔다. 독이 숨을 쉰다더니 과연! 나머지는 설거지와 뒷정리. 이제부터 필요한 건 오로지 시간.

- 이게 다야?

- 왜, 미원이라도 넣으랴?

밤꽃이 진다. 해마다 밤꽃이 질 무렵이면 어머니는 혼자 장을 가르고 간장을 달이셨을 테지. 이웃이 있거나 없거나 바람 자는 날을 택하고 혹여 동티 날라 마른 장작 고르시면서. 그런 세월이 꼬박 40년. 생에 필수 불가결한 배움은 정작 가까이에 있었는데 나는 무얼 배우려 30년을 서울에서 떠돌았을까. 주기율 따위나 중얼거리면서, 장 가르는 법 하나 배우지 못한 채. 오마니, 이제 아들이 배울게요. 많이 가르쳐 주시라고요.

- 응? 며느리가 안 배우고?

6월은 저녁의 계절. 봄은 지나고 여름은 아직이라 아는 이만 아는 6월은 어엿한 저녁의 계절.

소읍의 저녁은 보통 '방구차'가 동네를 도는 것으로 시작된다. 해마다 6월이면 날것 물것 퇴치 목적으로 저녁마다 방역차가 동네를 도는데 경험한 바 효과는 글쎄. 방역 효과보다는 '애들아 노올자' 신호로 더 유용하지. 골목마다 매캐한 연기가 차오르면 저녁 먹던 아이들은 숟가락을 팽개치고 뜀박질이 좋은 녀석들은 방구차를 따라 뛴다. '다칠라, 조심!' 한마디가 건성인 건 어른들도 저렇게 뛰면서 자랐기 때문이다.

그래도 해는 길어서 아직 서쪽 하늘에는 해 꼬리가 남았다. 방구차를 따라 나왔던 아이들은 슬금슬금 내성천 변으로 모이고 이때쯤 해 질 녘의 바람이 불지. 버드나무가 바람을 타며 느리게 일렁이고 저기 해 지는 소백산은 천천히 멀어지고. 이제 선선하니 인라인을 탈까 자전거를 탈까. 숙제는 어쩐담. 좀 있으면 엄마가 운동하러 나올 텐데.

운동 나온 엄마는 운동보다는 수다가 목적. 걷는 건 설렁설렁인데 함께 걷는 이웃과의 수다는 바쁘고 빠르다. 내성천 갈겨니 떼가 깨 볶듯 물 위로 뛰는 걸 보니 내일은 비가 오려나, 노을이 저리 고운데 비가 오려고, 이렇게 가물어 어쩐대, 그런데 왜 애들은 주야장천 마스크를 쓰는 거야.

설거지를 마치고 아들과 나선 산책길. 쿠키런 얘기로 신이 난 끝에 지나가듯 한마디한다. "근데 나는 아빠가 참 좋아." 날은 자꾸 어두워지는데, 물론 아빠도 형민이가 좋다고 말하려는 사이 아들은 벌써 저 멀리 달아났구나. 어쨌거나 소읍의 저녁은 자꾸 저물어 어두워지고 오늘따라 유난히 배가 고팠나 보다. 서쪽 하늘 한가운데 일찌감치 떠 있는 개밥바라기 별.

사촌이 땅을 샀다. 샀으니 이제 배가 아플 차례인데 복통 대신 왜 머리가 아프담. 사촌형님이 은퇴 후 집 지을 목적으로 미리 산 땅이 400여 평. 계곡물이 터를 감싸고 뒤편으로는 오래된 잣나무가 우뚝해서 노후 생활에는 더없다 싶지만 형님은 아직 50대.

좋은 집터인지는 모르겠으나 농사짓는 우리가 보기에는 그저 높은 산 깊은 골 거저 줘도 싫다 할 오지의 자갈밭. 한 마지기 겨우 넘는 자갈밭이나마 어찌나 번잡한지 이 구석엔 사과 다섯 그루, 저 구석엔 복숭아 두 그루, 요 비탈엔 대추 세 그루, 조 비탈엔 자두 두 그루가 서 있다. 기실 대추나무를 베어 서까래로 쓰거나 말거나 좋은 집 지으세요 하면 되겠으나 그 땅 거간을 오마니가 섰다는 게 화근. 형님이 은퇴할 때까지는 그 땅을 우리가 부치게 생겼구나!

아오 오마니, 우리 농사가 적냐구요. 사과원 열서 마지기, 감자 여덟 마지기, 참깨 다섯 마지기에 고추는 또 얼마며 들깨는 손도 못 댔는데 그 땅을 또 얼어요? 자갈밭도 귀살스러운데 과수나무 약은 또 우예 치냐고요. 품값은커녕 기름값도 안 나오는 오지 밭을 오마니 나는 못 부쳐요.

그러자 오마니 한 말씀 하신다. 그러면 명색이 농사꾼인데 풀을 키우란 말이냐.

에휴, 그건 그렇지. 차마 풀을 키울 순 없지. 해서 콩을 심었다. 덜거덕덜거덕. 자갈도 아니고 호박만 한 돌 천지인 오지 밭에. 명색이 농사꾼이니까.

비 오면 한의원. 꼭 아파야만 가는 한의원이 아니지. 찜질에 물리치료, 부항 뜨고 침에

다 뜯까지 5,000원이면 막걸리 날궂이보다야 백배 유용한데. 엉치가 어처구니 빠진 맷돌에 눌린 듯 아파서 영창한의원에 갔다. 비가 오니 대기실은 아침부터 만석.

– 젊은 양반 이걸 우예 하는 게나.

한 대 있는 안마의자는 벌써 눈치껏 순번이 정해졌는데

– 할매요, 그 안마 잘못 받으시면 뼈 부러져요.

– 그쿠로 씨다꼬? 어쩐지 시원하더라.

한 시간을 기다려 침대에 눕자마자 일단 찜질. 비는 오고 엉덩이는 뜨끈뜨끈. 비는 오고 잠이란 놈이 가문 날 새벽에 내리는 는개*마냥 감질나게 오는데

– 그러니까 수박을 열두 마디나 열세 마디째 달아야 한다니까요.

– 팔 거 아니구 내 먹을라고 심었는데두요?

– 한 포기에 딱 한 개. 꽃 피는 대로 달면 줄 그어진 참외를 드신다니까요.

영농 정보 교류의 장이 섰다. 그런데 어이쿠 대화는 칸을 넘더니 작물 불문 인류애로 확대되누나.

• 는개 : 안개비보다는 조금 굵고 이슬비보다는 가는 비.

- 참깨가 아직 안 늦었을니껴. (3번 칸인 듯)

- 포트를 했으면 안 늦었는데 직파는 늦었니더. 들깨는 직파도 안 늦었지만. (7번 칸인 듯)

- 외국인 노동자 참으로 뭘 해 주니껴. (5번 칸도 참전)

- 내사 떡을 해 주이까 잘 먹드라고요. 근데 거기 목소리가 혹시 상운 뒤뜨리 옹천댁 아니시껴. (저 뒤 10번 칸)

- 근데 옹천 아지매가 우예 상운으로 시집을 오셨니껴. (8번 칸에서 내 엉덩이에 침을 꽂으시던 원장도 기어이 참전)

바쁜 모내기며 적과도 끝냈고 밤꽃은 올해도 야릇하게 피어 다들 코를 펑펑 풀며 지나가는데 비는 또 마침맞게 내려 주시니 한의원은 졸지에 농한기 경로 찜질방. 허리며 어깨에 침을 잔뜩 꽂은 채 칸 넘어 얘기를 나누려니 목소리가 점점 커져서 잠은 진작 포기했지만 그렇더라도 원장님, 뜸은 제때 떼 주세요. 지금 수다 떠실 때가 아니라고요. 엇 뜨거! 아아앗 뜨뜨거!

농장에는 고양이가 산다. 살도록 딱히 편리를 봐준 적이 없으니 이른바 길고양이인데 길이 막힌 골짜기를 '나와바리' 삼았으므로 산고양이라고 불러야 적당하겠다. 굳이 조상을 따지자면 7년쯤 전 천장 위에 새끼를 낳아 밤마다 고양이 오줌이 새기는 묘(猫)한 추상화에 중독되게 만들던 나비. 그 나비의 후예가 아닐까 싶지만 집 나간 며느리 소식을 뒤늦게 알아 뭣하랴. 야생에는 야생의 룰이 있겠거니 하며 출퇴근 시간이 다른 아파트 이웃처럼 서로 소 닭 보듯 지내던 차에.

쥐란 놈이 자꾸 비누를 물고 가는 거였다. 발로 툭 차면 무너질 듯한 농막에 쥐 한두 마리야 당연지사인데 어이 서생원 나리, 비누 한 장 사려면 6킬로미터를 나가야 한단 말이오. 그 수고를 감내하느니 묘선생의 오라를 빌리는 게 낫지 싶어 마당 한편에 먹다 남은 생선이며 멸치 대가리 따위를 던져 두었는데.

처음에는 사람 없는 밤에만 먹는 눈치더니 요즘에는 내가 빤히 보고 있어도 마당을 가로질러 아예 코를 박고 먹는다. 먹은 뒤 묘한 오라를 집 주변에 뿌려 주시어 쥐란 놈이 얼씬 못 하도록만 해 주시면 꽁치가 아까울까만 먹기는 집고양이처럼 먹으면서 개구리 잡느라 논 주변만 어슬렁어슬렁. 야생고양이에게 밥값을 기대한 내가 바보지.

그런데 야생에도 나름의 상도의가 있는 줄은 내 미처 몰랐더라. 떼먹었던 돼지국밥 값 갚으려 출세 후에 일부러 찾아가던 변호인 같은 고양이가 있을 줄이야. 출세를 했는지는 모르겠으되 잡기는커녕 구경도 힘든 두더쥐를 잡아 밥그릇 옆에 보란 듯이 두었으니 그깟 돼지국밥 값에 비할까. 뒷사람들은 이를 일러 '고양이의 보은'이라 할 테지.

어부나 될 걸 그랬지. 머구리 말고 저인망 말고 설렁설렁 강태공

　낚시는 늦었으니 통발을 던져 둘까

　개 사료 한 줌을 미끼 삼아 저수지 가는 길

　지는 해는 또 제 마음대로 붉어서

심지 않고 가꾸지 않고 거두기만 하면 되는 생이 있더란 말이지

　발목을 강물에 적셔 두기만 하면

　강물 더불어 떠내려가기만 하면

　누구는 고기를 얻고

　가끔은 바다에도 닿는다던데

세 마지기 비탈밭이 바다 같아라 산 깊은 만큼

궁상도 깊어서 감자밭을 매다 고개를 들면

하늘도 비탈진 세 마지기 에라 모르겠다 훌쩍 떠메고

저 개울물 따라 천천히 흐르다가

닥나무 꺾어 대를 만들고 토하를 잡아다 미끼를 삼
아서

느린 소에 닿으면 낚싯대를 드리우다

해 지면 쌀독 빈 집으로 돌아가는

어부나 될 걸 그랬지.

비를 기다리다 노름꾼이 된다.
노름꾼 새벽 끗발 기다리는 심정이 된다. 비야 와라. 해
갈 아니라도, 광땡 아니라도, 가보, 아니 일곱 끗이라도.

가물어 옥수수꽃이 늦다. 콩은 싹 틀 기미도 안 보이
고 참깨 역시 3번을 파종했으나 난 놈은 드문드문. 마늘
이랍시고 캐 보니 호두알 같고 자두는 크다 말고 오그라
붙었다. 소나기 인심조차 가물어서 산 너머에 찔끔, 마당
쓸 듯 슬쩍.

가물어 올 겨울에는 감자값이 금값이겠다. 알현하기도 힘들던 감자 상인들이 먼저 찾아와 밭떼기를 하잔다.

- 가물어서 강원도 감자 작황이 형편없다네.

- 그러니까 저렇게 물량 확보할라고 안달이지. 작년에는 코빼기도 안 뵈더니.

- 코빼기가 뭔가. 계약금 포기한다면서 전화도 안 받더구만. 그래서 마카 밭을 엎었잖은가.

- 올해는 계약 즉시 잔금까지 준다네. 캐는 것도 자기네가 사람 사서 캐 가고.

- 가물어서 물량이 없으니 창고에 쌓아 두기만 하면 올 겨울 감자값이 오른단 통수겠지.

- 감자로 투기를 하는 거지. 돈 놓고 돈 먹기라니까.

상인들이 부르는 감자값이 작년 2배라는데, 작년에 하두 데어 올해는 먹을 만큼만 감자를 심은 나는 그나마도 해당 사항 없음. 3년 가뭄에는 살아도 석 달 장마에는 못 산다는데 나는 석 달 가뭄에 죽겠네.

생각해 보니 그래, 이웃이나마 더러 가뭄 덕도 보는 거지. 풍년이면 값이 없고 흉년이면 팔 게 없는 농사에 가뭄 덕이라도 더러 봐야 살지. 우박에 사과를 접었으니 감자라도 건져야 내년을 살지.

세상이 온통 미쳐 돌아가는 노름판인데 이렇게 더러 밑장이라도 빼야 살지.

　　　　　　　　　　그는 동네 형이다. 만날 때마다 그는 나를 "치…치잉구"라고 말하며 엄지를 치켜세우는데 사실 그는 나보다 두 살이 많다. 고향 떠난 기철이형 봉호형과 동갑이니 그가 나를 친구로 여겨 주는 건 나로선 횡재. 그의 여동생이 내 여동생과 동창이었던가. 어려서 함께 자랐고 그의 여동생은 이름만큼 예뻤는데.

여동생은 서울 산댔지. 그 서울에서 30년 만에 돌아와 보니 그는 여전히 동네 형으로 활동 중. 30년 전에 비해 주름이 늘었고 이가 몇 개 빠졌으며 "파파팔… 아… 아파"라고 얘기하는 것으로 보아 오십견이 온 듯 싶지만 여전히 그는 50년 넘게 동네 형.

– 저래도 쟈가 부자야. 동네 빈 병이란 빈 병은 쟈가 다 모은다니까.

입성이야 아지매가 챙겨 주시니 깔끔하더라도 빈 병 팔아 부자라니요. 그런데 오마니 모으시는 빈 병도 저 형 주실 거면서.

빈 병 수거뿐이랴. 버스 운전기사들 주려고 약수를 받아다 종일 정류소에 앉아 기다리거나 부러 장날에 나가 노인들 짐을 들어다 주는 일도 동네 형으로서의 소임.

평소 말이 눌하고 자주 코를 흘려 아이들의 놀림을 받았기로서니 그 아이들이 자라 대학에 가고 취직을 하고 결혼을 하고 다시 아이를 낳아 명절에 내려오는 시간을 느티나무처럼 지켜볼 줄이야. 스물은 넘길까 서른은 넘길까 막상 쉰을 넘기자 동네 사람들은 아무렇지 않게 병을 모아 문밖에 두고 아무렇지 않게 아침마다 그의 안부를 묻는다. "승태, 안녕!"

그러면 그는 또 엄지를 치켜세우며 인사를 하지. "치…치잉구!" 하드댁이거나 예안댁이거나 승재할매를 만나도 한결같이 "치…치잉구!". 심지어는 내 아들을 보더니 이 빠진 웃음을 환하게 지으며 말했지. "치…치잉구…아…아들."

가끔 딴 동네 사람들이 지나가다 아는 척을 한다. 동네 바보형이라고. 에라이, 그냥 형이어도 좋지 군이 바보형은 뭐냐. 그러면 헛똑똑이들 보란 듯이 나는 또 인사를 하는 거지.

"승태, 안녕!"

뷔페가 살린 소 돼지가 얼마
랴. 잔치상을 뷔페가 대신하면서 소를 잡네 돼지를 잡네
하는 말은 넉넉한 잔치를 뜻하는 비유로만 남았다. 하지
만 이곳 척곡2리에서는 진짜 돼지를 잡는다. 때는 바야흐
로 척곡2리 청년회 부녀회 단합대회 겸 송덕(頌德)잔치.

돼지를 잡자면 먼저 잔치 전날 춘양면 파출소에 가
야 한다. 사냥철이 아니어서 맡겨 놓은 총을 찾아야 하
기 때문. 감자밭을 뒤집는 멧돼지 퇴치 목적이라고 둘러
대긴 했지만 돼지를 잡기는 매일반이니 딱히 틀린 건 아
니지. 그리고 돼지를 방목하는 농장에 간다. 적당한 돼지
를 흥정한 다음 잡아서 가져오면 되는데 문제는 방목이
라 잡을 방법이 없다는 점. 총이 필요한 건 바로 이때다.
평소 동네 배추밭 고추밭을 작살내는 고라니며 멧돼지를
잡는 것을 취미로 삼으신 우리 청년회장님은 그야말로
안경 쓴 명사수. 빵야 한 번에 저 멀리서 돼지가 풀썩.

먹을 따(!) 피를 뺀 돼지를 차에 싣고 마을회관에 오
면 본격적인 해체가 시작된다. 일단 털을 불로 그슬린 다
음(윽!) 배를 갈라(컥!) 내장을 꺼내고 나면(끼악!) 문득
아쉽고 섭섭하다. 동네에 오줌보를(우웩!) 차고 놀 아이들
이 없기 때문. 머리를 자르고(헉!) 남은 몸통을 반 가른

다음(켁!) 부위별로 적당한 크기로 잘라 냉장고에 넣어 두면 돼지 준비는 끝. (눈살 찌푸리는 분들이 드시는 삼겹살은 화분에서 고이 키워 가꾼 삼겹살이므로 잔인하다거나 비인도적이라는 비난 인정! 불법 도축 아니냐고? 어허, 잔치라니까!)

며칠 전에 잡아 놓은 물고기로 매운탕을 끓이고 떡을 하는 건 부녀회의 몫. 보통은 피서를 겸해 7월에나 하던 단합대회를 지금 하게 된 것은 면장님의 전근 때문. 가시는 면장님 고이 가십사 하고 송덕잔치를 겸했는데 송덕비를 세울 수는 없는 노릇이라 이퇴계 선생의 시를 써서 표구한 액자를 정표로 마련했다.

글씨를 쓰신 분은 중간뜰 선비 어른. 선비의 표표한 문자 향이 글씨에 서려 문자 향에 취하고 보니 송덕잔치에 돼지 잡고 칠언절구 석별시라, 대체 지금이 조선인지 구한말인지 알 길이 없는데 저 한시도 무슨 뜻인지 알 길 없어 슬슬 서로 시선을 외면하는, 지금은 척곡2리 청년회 부녀회 단합대회.

비 온다. 농번기는 끝났다지만 씨를 뿌린 뒤의 작물은 "탕!" 한 뒤의 운동회 주자같이 일제히 결실을 향해 달리는 고로, 먼저 달리는 놈, 넘어져 무릎 까진 놈, 벗겨진 신발 들고 엄마 찾아 우는 놈 할 것 없이 작물마다 뒤따라가며 토닥거려 주고 엉덩이 두드려 줘야 추수를 기대할 수 있다. 애정 부족으로 비뚤어지기 시작하면 걷잡을 수 없는 건 사람이나 작물이나 마찬가지. 아들내미 필통 형광펜 속에 펜심 대신 담배가 들었는지 살피는 일이나 고추 뒷면 먼지 같은 응애를 돋보기로 들여다보는 일이나 매일반. '비뚤어질 테다!'의 위력을 셀프로 겪어 아는 처지여서 7월 땡볕도 싫다 못 하는데.

비가 오신다. 어머니는 늘 '비님'이라시지. 장마라는데 비도 없고 기껏 오는 비라야 소나기 삼형제. 맏이가 급하게 성질부리고 가면 둘째와 셋째는 '형아! 같이 가' 허겁지겁 따라가느라 실속 없이 분주하기만 하지. 비다운 비 안 온 지 벌써 두 달. 고추는 가물어 꽃이 떨어지고 오이도 껍질이 두꺼운데 그 와중에 마른 땅 좋아하는 참깨만 기세등등. 참깨 좋자고 서른 몇 가지 작물들 오갈 들게 할 수는 없는 노릇인지라.

고마우셔라, 태풍님. 비록 태풍 바람에 쓰러질까 새벽 4시부터 고추 지주대에 줄을 매고 줄기를 모아 주느라 체력은 진작 고갈되었지만. 감사하여라, 바람은 고만고만하고 차분차분 비가 온다. 수수를 숨다 돌아와 마루에 앉았노라니 창고 지붕 빗소리는 아들내미가 치는 실로폰 소리 같은데 흐음, 비가 와서 일은 '땡' 쳤으니 감자를 캐다 삶아 볼까나 당귀잎을 뜯어 안주를 할까나 밤나무는 느긋하게 흔들리고 토란잎은 먼지를 씻어 저리 맑은 얼굴이구나. 반갑게 오시는 비 날 저물 때까지만 그치지 말아다오 하는데 어맛, 뜨거라! 아닌 밤중에 비 피해 날아든 박쥐 한 마리.

먹자고 짓는 농사에 쎄가 빠져요, 오마니.

장마다운 장마라길래 아침부터 막걸리를 마실까 하던 참에 오마니가 마늘을 캐러 가자신다. 비 오는데 마늘을 어떻게 캐요. 오면 관두더라도 안 오는 지금 캐잖으면 다 썩는다니깐. 아휴, 가요 가시자구요. 썩는다는데 할 수 없지.

쇠스랑으로 이랑을 뒤집으니 마늘이 드문드문. 그저 식구들 먹자고 짓는 농사라지만 수확하는 재미도 없군.

냉해를 입어 죄 죽고 남은 것도 밤톨만 하네. 씨마늘 심어 육쪽마늘을 얻으니 잘해야 6배 농사인데 이거는 본전 치기도 안 되겠구나. 오마니, 그냥 사다 먹자니까요.

마늘뿐이랴. 참깨도 분명 먹자고 심었는데 세 마지기 900평. 6월 땡볕에 밭 장만하랴 물 줘 가며 나흘을 심었더니 몸살이 나더라. 버린다는 수박 모종을 얻어 하우스에 심었는데 저 수박을 먹자면 아침마다 수박 줄기에 코를 박아야 하지. 도대체 1,000포기가 넘는 옥수수는 누가 다 먹을 것이며 해마다 먹지도 못하고 얼려서 버리는 고구마는 왜 심는 것이냐구요.

오마니는 말씀하시지.

- 그러면 농사짓는 집이 참기름을 사 먹으랴. 제사 때도 쓰고 명절에도 쓰고 서울이모네며 울산, 목포 일가친척들 줄 게 없지 줄 데가 없냐.

아이고, 오마니. 먹고 나누려 짓는 농사여도 들어가는 품은 에누리가 없다고요. 당장 날궂이를 해도 시원찮을 날씨에 마늘을 캐고 있잖아요.

- 정 그렇게 일이 귀찮거든 먼저 가그라. 나는 마저 캐고 갈란다.

에잇, 온다는 비는 안 오고 감꽃만 지누나. 가만 저게 감꽃이었나 고욤꽃이었나. 하기야 나도 나 먹자고 토마토를 심었지. 토마토에 쏟은 정성을 돈으로 바꿨으면 케첩 공장을 차리고도 남았겠지만 저 토마토 아니고는 어림없는 맛, 저 토마토만이 줄 수 있는 들큰한 위안. 저 마늘이며 참깨도 그럴 테지. 인공관절로 무릎을 바꾸고 아픈 허리를 겨우 굽혀 캐는, 어쩌면 마지막일 수도 있는 당신 생의 마늘.

마늘을 캐고 돌아오는 길. 비가 후득후득 떨어진다. 오마니는 또 말씀하시지.

– 하늘이 오늘 진짜 마이 참아 주셨네. 아이고 고마우셔라.

경운기와 어머니. 비가 오니 병원에 가야지. 맑은 날에는 깨를 솎고 흐린 날에는 고추밭을 매다가 비 오면 깨 팔고 고추 팔아 모은 돈 병원 갖다 줘야지. 병원도 나이 들어야 누리는 호사. 셋째를 잃을 때도 못 갔던 병원을 장마 덕에 가 보려니 무릎이 말썽이로세. 사래 긴 콩밭이야 허리 한 번 안 펴고도 매지만 평생을 쪼그리고 밭머리를 돌았더니 무릎이 고장 났다네. 성한 곳이 드문 나이여도 아픈 건 늘 새삼스럽지. 무릎은 아프고 병원에는 가야겠는데 수단이 마땅찮을 땐 역시 영감 경운기.

영감이야 더는 쓸데가 없지만 경운기는 천금 같지. 경유 한 말이면 논 서 마지기 갈고도 서울을 갔다 온다네. 돌밭에 굴려도 아프다는 소리를 하나, 배고프다고 참 달란 소리를 하나, 일꾼 중에 더없는 일꾼인데 경운기도 주인 따라 늙고 보니 영감 아니고는 시동이 안 걸리는 게 좀 그렇지.

그러니 할 수 있나. 병원이라도 가자면 영감을 부려야지. 그래도 평생을 영감 떠받든 보람이 아예 없진 않다네. 비를 가리라고 날 위해 친 저 파라솔 좀 보라지.

영정조의 사간 옥천 조덕린 선생은 유배를 마치고 이곳에 내려와 산림과 수석에 마음을 붙이고 사미정을 지어 원근의 후학에게 강학하기를 일삼으셨으되 300년 뒤 후생은 농사일을 작파하고 아침부터 사미정 아래 솥 걸고 고기 잡고 술추렴에 바쁘더라.

봉화군 법전면 척곡2리 청년회 부녀회는 평소 이웃집

저녁 밥상에 무슨 찬이 오르는지 뻔히 아는 처지임에도 군이 단합대회를 도모하였던 바, 대회를 핑계 대고 하루 놀 궁리에는 이견이 없었던 게지.

일찍이 신경림 시인은 노래하셨지. '못난 놈들은 서로 얼굴만 봐도 흥겹다'고. 볕은 뜨겁고 등에 진 예초기가 등가죽에 붙어 어쩌자고 농사를 업 삼았나 예초기를 팽개치고 싶다가도 그래, 저 형님네는 트랙터도 못 들어가는 맹지밭 다섯 마지기 무논 서 마지기. 형님네 보니 내 농사 두고 앓는 소리 민망할세라. 사는 일은 다 거기서 거기. 못난 사람들끼리 모여 서로를 위로하나니.

- 전국노래자랑이 봉화에 온다니더.

- 그러면 부녀회 총무님이 대표로 나가셔야지.

- 아이고 나는 못해요.

- 백댄서는 청년회가 책임진다니까.

- 나가기만 하면 인기상은 따논 당상인데.

- 상금이 50만 원이라던가.

- 나가기는 싫지만 그렇다면 아무래도 트로트가 낫겠지요?

일 되어 가는 꼴이 송해 어르신 앞에서 평균 연령 55세인 '청년회'원들이 '내 나이가 어때서'에 맞춰 백댄서를

하게 생겼는데 그래 까짓것 못할 게 무어랴, 사는 일은 다 거기서 거기. '사랑하기 딱 좋은 나이'는 늘 지금이고 지금 여기는 못난 놈들의 망중한.

지난해 가을 농협에다 씨감자 80박스를 신청했었다. 씨감자가 나온 건 11월. 상호네 저장고에 넣어 두고 겨울을 넘길까 했더니 영하 10도쯤 내려가던 날 저장고가 고장 나 씨감자가 얼었다. 감자 농사를 접을 뻔했으나 저장고 업체 탓이었으므로 씨감자 값은 회수. 올해 3월에 가까스로 강원도 씨감자를 다시 구해 하우스에 두고 싹을 틔웠다. 1차 실농 위기 극복!

싹을 틔우는 한편 거름 뿌리고 밭 갈고 이랑을 만드는데 질금질금 허구한 날 비가 왔다. 때 아닌 고사리 장마. 하반기에 단호박을 심자면 늦어도 7월 20일경에는 감자를 캐야 하는데 감자는 100일 작물이니 거꾸로 계산하면 마지노선이 4월 10일. 잦은 비로 발이 빠지는 밭에서 허우적거리며 어찌어찌 감자를 심고 보니 4월 12일. 6만 개쯤 씨감자를 심으면 감자엘보도 테니스엘보 못지않다는 임상 결과를 얻으면서 2차 실농 위기도 간신히 넘겼는데!

젠장, 심고 나니 그렇게 질기던 비가 그만 뚝 아니 오신다. 5월 한 달 비 한 방울 구경할 수 없어 누구는 엘리뇨 탓을 하고 누구는 온난화 탓을 하는 중에 나라님이 정치를 잘못해서 그렇다는 '부덕의 소치'론 급부상. 6월 중순에야 서너 차례 소나기로 3차 실농 위기를 넘기고 보니 이제는 수확해서 팔 일이 걱정.

　봄이면 밭머리에 외제 차를 끌고 나타나 계약재배를 종용하던 상인들이 올해는 감감무소식. 작년 값이 없어 손해를 본 탓이라는데 매년 손해 봤다면서 볼 때마다 차가 바뀌더만. 안 보이던 상인들이 다시 나타난 건 가뭄 탓에 감자값이 사과보다 비싸다는 뉴스가 나오고 난 뒤. 밭 이곳저곳의 감자를 샘플로 뽑아 상태를 보고서야 가까스로 계약했다.

　그렇게 몇 차례의 실농 위기를 넘긴 뒤 샘플로 캐낸 감자를 버릴 수 없어 피자를 만들었다. 얇게 채 썬 감자를 기름 두른 팬에 전처럼 부쳐 도우를 만드는 것이 비결. 맛은 내가 보장하거니와 레시피가 궁금한 분들은 올 가을 씨감자부터 구하는 것을 권해 드린다. 이때 한겨울에 씨감자가 얼지 않도록 저장하는 것이 뽀인트!

감자를 캔다. 귀농하고 보니 집성촌인데 젊기는 제일 젊고 항렬은 다락같이 높아 환갑 어른에게 '할배' 소리 듣는 '동네할배' 상호네 감자밭. 열두 마지기 품앗이 날 흐려 일하기는 좋구나! 선선할 때 일하자고 6시에 갔더니 벌써 감자 포대가 즐비하네. 씨알 굵고 양도 많은 것이 농사 잘 지었구나.

– 같은 해 귀농했으면 우경이 자네 감자도 이만하겠네.
– 에이, 아무려면 할배가 짓는 감자만 하겠니껴.

장마라는데 비는 없고 올랑 말랑 내릴 듯 말 둥 물풍선 같은 비구름만 벌써 며칠째. 가물고 가물어 비님이야 고맙고 반갑지만 하필 오늘이면 고약하지. 작년 씨감자 값도 못 건진 벌충을 올해는 할까나. 경운기 지난 자리마다 투둑투둑 감자가 쏟아진다. 감자를 포대에 담기도 바쁜데 자꾸 막걸리를 건네는 어르신. 아이고 어른요, 아침참 전에 삐리~하면 오늘 일 못 하니더. 품을 앗으로 왔는가 갚으러 왔는가. 앗으러 왔는데요. 앗으러 와서 삐리~하면 상호할배가 품 갚으러 안 가도 되겠구만.

품은 앗으러 왔으되 막걸리는 자꾸 들어가서 트림

만 끅끅 나는데 감자 한 포대 21킬로그램, 오늘 나올 포대는 1,500포대. 저 많은 감자를 누가 트럭에 실어 올리나. 아무렴요. 젊은 제가 해야지요. 비 30분 오시더니 점심 먹고 해가 쨍. 땡볕 아래 감자 포대를 5톤 트럭에 싣자니 땀이 대웅전 낙숫물처럼 쏟아지누나. 어이쿠 어지러워라, 상차하다 기절하겠네. 그늘에 앉아 숨 좀 돌리자. 서울 사람들은 좋을시더? 뭐가? 이 고생하면서 농사지은 걸 종이쪼가리 몇 장 주고 바꿔 먹잖니껴. 그 종이쪼가리 구하자고 새벽별 보는 건 서울 사람이 더 심할 걸.

그렇지. 감자는 원래 새벽별 보는 사람들의 것. 어머니는 지금도 감자를 안 드신다. 니 빼태기라고 아나. 놋숟가락이 초승달 모양으로 닳았는데 이게 감자 껍데기 긁느라 그래 됐거든. 매일 저녁 한 양푼씩 긁어서 8남매가 밥 대신 삶아 먹는 거야. 감자꽃도 보기 싫어. 하지만 감자는 태생이 구황작물. 빼태기가 필러로 바뀌었어도 여전히 감자는 가난한 내 이웃의 한 끼. 감자를 팔아 가난을 벗어날 가망이 없으니 겨울 오기만 기다릴 밖에. 눈 내리면 이 감자밭은 세상 평등한 썰매장으로 바뀌니까.

감자를 캐고 단호박을 심었
다. 감자를 캐고 단호박을 심는 사이 자주 파머스하이
(Farmer's High)가 왔다. 파머스하이란 일종의 농업의학용
어로 '빡센' 노동이 지속되면 어느 순간 맛보는 '뽕감'을
일컫는 말, 마라토너가 경험하는 러너스하이와 비슷한
개념이랄까.

하지만 러너스하이가 30분 이상의 달리기라는 단순
한 조건인데 비해 파머스하이를 맛보려면 조건이 까다롭
다. 30도 이상의 무더위와 땡볕이 기본. 감자 수확이라면
감자밭 면적이 5,000평쯤 되어야 하는데 이미 그 전 이
틀 동안 6,000평 이웃 감자밭 수확을 품앗이한 뒤라야
한다.

7월 염천은 서 있어도 숨이 컥컥이라 감자를 캐고 담
고 묶는 일로 몸을 놀리다 보면 오후 4시쯤 일종의 탈진
상태가 온다. 하지만 파머스하이는 아직. 5시쯤 밭에 즐
비한 감자 포대를 5톤 트럭에 싣기 시작해야 비로소 '뽕
가는' 모든 조건이 완성된다.

감자 한 포대는 22킬로그램. 오늘 수확한 감자는 17톤
800포대. 100포대쯤 차에 싣고 나면 등짝에 소금꽃이 피
고 300포대쯤이면 옷을 짜서 배추를 절일 수 있는 상태

가 된다. 하지만 마지막 몬주익 언덕*은 400포대쯤. 헉헉 소리에 스스로의 귀가 아픈 그 어느 한순간 드디어 파머스하이가 온다.

감자 포대와 씨름하느라 팔다리는 흐느적거리는데 그 팔다리를 유체 이탈한 내가 멀거니 보고 있는 목가적인 풍경. 고통도 없고 갈증도 없고 왜 늘 세상은 분쟁으로 어지럽나, 내 정신은 강물처럼 고요할지니. 배식배식 웃음이 새어 나오는 얄궂은 쾌감. 아하하하 남은 포대쯤 문제없지. 얼씨구나 룰루랄라 씨발씨발 룰루랄라.

한 번 맛본 '뽕맛'이 어찌나 강렬했던지 그다음 날도 감자를 캘 수밖에 없었다. 그렇게 캔 감자가 모두 34톤 1,600여 포대. 이튿날의 파머스하이가 3배쯤 강력했던 건 물론이지만 감자를 캔 그 자리에 다시 밭을 갈고 비닐을 피복해서 단호박을 심을 때의 쾌감에 비하면 조족지혈. 아무래도 파머스하이는 7월보다야 8월이 제맛이지.

그렇게 감자를 캐고 단호박을 심은 보름여. 허리가 1인치쯤 줄고 왜 삼복이면 조상들이 앞다투어 보신탕을 찾았는지 이해하게 되었다. 큰일은 끝났어도 사과원이며

---

* 몬주익 언덕 : 올림픽 주경기장이 있는 스페인 바르셀로나의 언덕.

고추밭이며 할 일은 여전히 산더미지만 우선은 극한 쾌
감에 중독된 몸을 치료하는 게 급선무.

하여 요양차 서울행을 결정했다. 아내 말에 따르면 에
어컨 빵빵한 호텔에서 일박하고 조식 뷔페를 즐기다 보
면 몸이 거뜬해질 거라나.

10킬로그램 감자 택배 한 박
스 15,000원. 박스 값 떼고 택배비 떼면 1만 원이 채 남
지 않는데 그래도 팔 곳이 없어 공판 내는 이웃들 처지
에 비하면 나는 양반. 상호네는 열두 마지기 감자 1,500
포대를 얼마에 팔았더라. 이장님은 중간상인하고 실랑이
하다 홧김에 결국 저장고에 넣었다지. 작년에도 저장고에
넣었다가 올봄 20킬로그램 한 박스를 짬뽕 한 그릇 값에
넘기셨댔는데. 농사지어 밥 먹고사는 일은 마술 같은 경
영. 해마다 뻔히 적자가 나는데도 다들 봄이면 밭을 갈
고 씨를 넣나니 재벌 총수들은 주주 눈치 보랴 형제자매
지분 싸움에 머리 아파하지 말고 이곳에 와서 지속 가능
한 분식회계 기술부터 배울 일이다.

TV가 없어 좋은 점은 가늠도 안 되는 숫자만 줄기찬

뉴스에 휘둘리지 않아도 된다는 것. 전관예우 받아 한 달에 몇 억을 벌었대더라, 재벌 2세는 감방에서도 몇 십억씩 월급을 받았대더라 따위의 뉴스는 정신위생에 먼지만 끼였을 뿐 노린재 똥만큼도 이롭지 않은데 이상도 하지, 다들 로또 외에는 닿을 길 없는 저 숫자를 향해 까치발은 물론이고 장대높이뛰기도 마다 않는다. 왜 아니랴, 나도 그랬는데.

1,000만 원이 기본단위인 세계에서 일했었지. 떨어지는 떡고물을 받아먹고 사는 처지였음에도 눈만 높아져서 말끝마다 억억거리며 살았더랬다. 컵라면으로 끼니를 때울지언정 고객은 호텔 커피숍에서 만나야 했고 골프채를 빌릴지언정 라운딩에 끼지 못해 안달이었다. 그게 성공으로 가는 길이라고 배웠고 배웠으니 써먹으려다 찢어진 가랑이는 당연히 치러야 하는 통행료라고 생각했다. 그런데 가랑이가 아파도 너무 아프더라.

그 가랑이에 톰 포드 양복 대신 6,000원짜리 냉장고 바지를 입은 지금, 바람 부는 마루에 앉아 생각한다. 이 땡볕에 바지는 무슨, 아랫도리만 가리면 되지. 그래, 감자 한 박스 팔아 이리 시원한 바지 한 벌이 어디람. 1,000억 달러를 주고도 계란 3개 못 사는 짐바브웨라는 나라도 있다는데. 재벌 2세와 나는 어차피 다른 나라 사람. 짐바브웨 재벌 2세보다야 감자 박스 보조금도 나오는 한국사는 내가 좀 낫지 않겠냐고 간신히 자위하려는데 젠장, '농업은 6차 산업' 타령하는 나라님 보니 있던 애국심도 달아날 판.

                       양복 입는 사람이 되라 하셨지. 양복 입고 펜대 굴리라고 13살 어린 아들을 서울로 유학 보내셨지. 보내 놓고 그렇게나 우셨댔지. 그랬는데 그 아들, 대학교 마치고 양복을 입는 둥 마는 둥 하더니 양복쟁이나 미쟁이나 삼시 세끼 먹는 건 같습디다라는 흰소리하면서 덜커덕 귀향을 했네. 꽃 피고 바람 불고 눈 내리고 다시 꽃 피길 여러 해. 그 아들, 삼시 세끼 해결하느라 쎄가 빠진다지.

양복을 입는 둥 마는 둥 하던 무렵, 더운 날 오후가 되면 사무실에 뜬금없이 쉰내가 훅 번지곤 했지. 택배기사가 잠깐 다녀가며 남기는 쉰내는 어찌나 강렬한지 몸으로 밥을 먹는 일이란 쉰내를 풍기는 일이구나 싶어 숙연해지곤 했는데,

이 입성을 좀 보라지. 경신년 대기근에 굶어 죽은 거지꼴 좀 보라지. 양복 구두 아니어도 날 더우면 반바지에 반팔, 샌들을 신는 일상이어도 좋으련만. 이 염천에도 긴팔, 긴바지, 신발이라고는 단장화 아니면 긴장화. 사철 모자를 안 쓰면 머리가 빠진 양 허하고 출출한, 이 쉰내 나는 농부를 좀 보라지.

그나마 제 몸에서 나는 쉰내를 스스로 맡지 못하는 건 얼마나 다행이랴. 덜 익은 막걸리 쉰내거나 삭다 만 식혜 냄새거나 스스로는 알지 못하고, 감자 품앗이하는 이웃끼리는 맡지 못하고, 감자가 땅속에서 썩어 풍기는 구릿한 냄새는 맡지 못하고, 에라 개똥보다 못한 농사 개같은 세상이라고 욕을 해도 저들은 듣지 못하고, 그저 우리는 우리끼리, 땀에 절어 소금으로 허옇게 얼룩진 등판을 서로 털어 주면서, 해 저물면 찬물에 씻고 막걸리 들고 다시 만나자 낄낄 약속할 수 있으니 제기랄, 또 얼마나 다행인 것이랴.

바람이 붑니다. 지난밤 어두운 산을 지나왔나 봅니다. 조금 겁먹은 얼굴로 논을 성큼 건너 콩잎을 흔들고 대추나무와 악수할 겨를도 없이 골짜기를 질러갑니다. 밤나무는 몸을 뒤채느라 바쁘고 호두나무는 겨우 맺은 열매가 떨어질까 가지를 몸으로 끌어안는군요.

옥수수대가 넘어질까 걱정입니다. 옥수수는 이제 다 익어서 오늘이라도 거두어야 하는데 익어도 철없기는 사람 마찬가지라 제 몸이 쓰러지거나 말거나 바람을 타고 놉니다. 쏴아아 까르르. 옥수수잎이 바람을 타며 내는 맑은 웃음으로 골짜기가 환해집니다.

저기 오리나무는 바람결에 멀리 있는 개암나무 소식을 듣는 걸까요. 물푸레나무는 진작 머리를 풀어 바람에 머리를 감는군요. 마루에 앉아 이렇게 바람 부는 풍경을 그저 보노라면 서정은 젊지도 늙지도 않는데 스무 살의 그리움만 한결같아서 보는 이 없이 얼굴을 붉힙니다.

감자를 고르는 일은 내일 하렵니다. 참깨밭 지주대 세우는 일쯤 좀 늦어도 어쩌려고요. 이렇게 눈부신 바람이 지나가는데, 이리 아름다운 한 시절이 지나가는데.

당신께도 바람이 불기를. 당신의 지금도 아름다운 시절이기를, 바람이 붑니다.

참깨를 세운다. 그제 30분 동안 쏟아진 100밀리미터 물 폭탄에 쓰러진 건 옥수수만이 아니어서 수수는 물 흥건한 욕실 바닥에 나자빠진 요크셔테리어 꼴이고 콩이며 팥은 얼차려받는 훈련병 꼴로 누워 있다. 콩팥이야 바람결을 짚고 부스스 일어설 테고 수수며 조는 저희끼리 몸 비비며 일어설 테니 기다릴 수 있지만 참깨는 까탈스런 단독자. 힘주어 일으키면 깻대가 부러지고 세운 뒤에도 다시 비틀거린다. 할 수 있는 건 깻대를 세운 뒤 그저 뿌리 부근을 꾹꾹 다져 주는 일. 넘어지며 뿌리를 다쳤을 테니 다시 몸을 세운 뒤에도 며칠 몸살을 앓을 것이다. 깨꽃은 떨어지고 꼬투리는 더 더 여물겠지.

농사로 생계를 삼는 일은 해가 갈수록 더 팍팍해질 거란 예감을 어쩌지 못한다. 빗자루로 쓸어 놓은 듯 쓰러진 상호네 깨밭머리에 앉아 상호어머님이 말씀하셨다지. 칠십 평생에 이런 비는 처음이라고. 앞으로 봄과 가을은 사라지고 여름과 겨울만 남아 더 덥고 더 춥겠지. 올해처럼 가물거나 폭우, 폭설이 일상화되면 농부가 반 짓고 하늘이 반 짓는 지금의 농사는 애시당초 가망이 없다. 하필 수확 날 폭우에 풀썩 주저앉은 내 옥수수처럼 사과꽃이 환한데 눈 내리고 두물 고추도 아직인데 서리가 내릴 테지. 기후는 해마다 흉폭해질 게 뻔한데 어쩌자고 나는 농부가 되었을까.

힘이 빠져 밭머리에 앉아 멀거니 눈 둘 곳을 찾는데 허허, 맥없이 눈시울이 뜨끈해진다. 폭우 지난 지 겨우 하루 하고도 반나절. 그 짧은 사이 제 몸을 휘어 일어서는 옥수수며 누가 꺾은 듯 해를 향해 고개를 드는 저 참깨를 보노라니.

축제가 끝났다. 그깟 은어가 뭐라고. 여기는 우리나라 유일의 모래가 흐르는 강 내성천이 읍내를 가로지르는 봉화군. 옛날에도 은어가 태평양으로부터 낙동강 700리를 거슬러 이곳까지 왔는지는 알 수 없으되 확실한 건 지금은 영주댐에 막혀 올 수 없다는 것. 그러므로 저 관광객이 반두*로 잡아 의기양양하게 아들에게 자랑하는 은어는 100퍼센트 축제용 양식 은어.

봉화군 은어축제는 해마다 이름이 나서 무에타이대

• 반두 : 양쪽 끝에 가늘고 긴 막대로 손잡이를 만든 그물. 주로 얕은 개울에서 물고기를 몰아 잡는 데 쓰인다.

회며 우드아트페어 따위의 꼬붕축제까지 거느린 명실공
히 국내 최고의 여름 축제로 자리 잡았다는 것이 군청
홍보실의 단골 멘트인데 전국노래자랑까지 축제 기간에
맞춰 올 정도니 군이 아니라 하기도 뭣하다. 총 인구 달
랑 4만인 도시에 축제 첫날 20만이 넘는 관광객이 몰렸
으니 나름의 명성을 인정 안 할 수 없지만.

축제고 나발이고 제발 잠 좀 자자고. 백주 대낮에 스
피커가 찢어져라 떠드는 축제 안내 아나운싱이며 진행
자 멘트, 댄스 뮤직 따위는 어떻게든 견뎌 보마. 그렇더라
도 밤 11시까지 이어지는 각설이 공연은 너무하잖아. 작
년의 공연 레퍼토리는 '내 나이가 어때서'의 앞뒤로 '아미
새', '고장 난 벽시계'가 붙어 있더니 올해는 '아미새' 자
리를 '안동역에서'가 꿰찼다. 장장 12시간의 트로트 메들
리에 시달리다 보면 레퍼토리를 외우는 건 기본, 까짓것
인생사 쿵작쿵작 네 박자 속에 사랑도 잊고 미련도 잊다
가 정신줄마저 잊어 버리게 생겨서 축제 상황실에 항의
전화를 해도 요지부동. 경찰서에 신고를 해도 잠깐만 참
으시죠, 분위기다.

참다 참다 못 참으려는데 축제가 끝났다. 축제가 끝난
자리, 비가 온다. 추적추적. 그 많던 사람들은 다 어디로

갔나. 어젯밤 폐막 불꽃놀이는 유난히 화려했었지. 무대는 치워지고 비 젖은 홍보물만 축제장을 어지럽히는데.

자꾸 뒤가 신경 쓰인다. 축제가 끝난 그 자리. 축제 기간 중에도 내내 마음이 쓰였다. 축제가 끝나고 사람들 돌아간 그 자리. 비는 오고, 비 젖은 천막만 남은 그 자리. 내 생의 축제는 언제였더라, 개막을 알리는 폭죽 따위는 단연코 없었는데. 축제 중이었는데 정작 나만 모른 채 축제 따라 떠도는 난장에 앉아 각설이 트로트 메들리에 넋 놓고 있었던 건 아닐까. 시끌벅적하지 않아도, 요란스럽지 않아도, 그래도 생에 한 번 있는 축제라면 각설이 노릇을 마다 않을 텐데. 이미 축제는 끝나버린 것일 수도 있지. 폐막 폭죽까지야 기대 않지만 자꾸 남은 것들이 신경 쓰인다. 축제가 끝난 자리.

이제 때는 바야흐로 요가의 시간. 오늘 수행할 요가는 핫요가로 알려진 비크람 요가. 인도의 수행 환경을 그대로 재현하여 적정 온도는 38도, 습도는 60도. 먼저 파당구스타나사나 자세를 취한 다음 남은 한 다리에 30센티미터 높이의 타원형 방석을 끼운다. 다리를 교체하여 방석을 양 다리에 마저 끼운 후 취할 자세는 흔히 의자자세로 불리는 우트카타사나. 이 때 주의할 점은 방석이 엉덩이를 지지하고 있으므로 굳이 일어서려 해서는 안 된다는 점. 앉고 보니 38도 온도에 땀이 쉽게 나고 온몸의 근육이 이완되어 편안해지는데 떡 본 김에 제사 지낸다고 앉은 김에 눈앞에 주렁주렁 달린 고추를 따는 거지.

거듭 강조하지만 '앉은 김에'다. 고추를 따는 일은 요가를 하는 '김'에 심심한 손을 놀리기 뭣해 딴다거나 라디오를 듣는 '김'에 트로트 박자 맞춰 손을 놀리는데 하필 고추가 걸렸다거나 하는 식으로 스스로를 세뇌시키지 않으면 견디기 힘든 지난한 노동이다. 8월의 볕은 뜨겁고 줄기며 잎이 우거진 고추밭에는 바람 한 점 없는데 이미 붉어진 고추를 딸 사람은 우리 식구뿐. 상호네는 상호네 고추를 따느라 바쁘고 대수형님네는 형님네 고추 따기가 바쁘다. 따도 따도 고추는 많고 딸 손이 늘 부족한 것은 농가마다 고추 한두 마지기쯤 기본 사양이기 때문.

고추 한 마지기는 살뜰한 살림 밑천. 말린 고추 10근은 식용유로도 바꾸고 계란으로도 바꾸고 더러 삼겹살로도 바꿀 수 있는데 그러고도 1만 원짜리 한두 장이 남는 알찬 현금. 가격 파동을 덜 겪는 그나마 안정적인 작물이며 제주부터 철원까지 다 무난하게 재배 가능한 전국구 작물. 식탁 김치 자리를 피클이나 우메보시가 대신하지 않는 한 고추의 수요는 자자손손 이어질 것이어서 자자손손 이맘때면 농가마다 고추밭에서의 요가 수행을 각오해야 하는데.

우트카타사나 자세에서 곧바로 사바사나 송장자세로 누워 하늘 보고 욕을 좀 하고 싶게 작황이 엉망이다. 비를 좀 주시지. 고추 꼬락서니가 이게 뭐냐고. 고추 수확을 포기한 이웃도 있다. 가물어 자라지 못한 고추를 바이러스병이 덮쳤는데 그나마 남은 고추도 꿩이며 비둘기가 다 쪼아 버렸다지. 올해는 고라니도 극성이고 병해충도 유난스러운데 이 모든 게 한창 자라야 할 6, 7월에 비가 오지 않은 때문. 전국적으로 고추 수급에 문제가 있다고 판단한 정부는 대란을 우려해 긴급대책회의를 열었다는데 어이쿠, 중국산 수입하는 걸로 결론 날 게 뻔한 대책회의 따위 고라니나 줘 버리라고.

아, 아, 진정 진정. 요가 수행의 진정한 목적은 마음을 다스리는 데 있는 법. 후읍후읍. 심호흡 길게 두 번. 이번 시간에는 고추밭에서의 수행에 대비하는 요기의 마음가

짐에 대해 알아봤고 다음 시간에는 본격적으로 수행에 들어갈 테니 다들 방석 준비 철저히 하시고. 자, 다 같이 카팔바티 호흡으로 마무리. 후읍후읍.

군불을 땐다. 8월이면 염천이어야 하는데 아쉬울 때 아니 오시던 비가 소용없이 종일이어서 인적 없는 골짜기는 서늘하다 못해 오스스하다. 눅눅한 이불이라도 말릴까 싶어 저무는 저녁 군불을 넣노라니 아궁이는 환하고 무릎은 따스해져서 내일 심을 단호박 걱정 따위 발갛게 지워지는데.

인생 최고의 즐거움은 부귀영달에 있지 않고 볶은 콩을 씹으며 역사의 영웅호걸을 야단치는 것이지. 맑은 날은 밭 갈고 비 오는 날은 책 읽으며.

다방 농사라는 게 있다. 거름을 뒤집어쓰는 대신 커피를 마시며 짓는 농사인데 우아하거나 고상하지는 않다. 다방 농사를 짓자면 김주사부터 만나야 한다.

- 김주사, 농기계 보조 사업 나온 게 있담서?

- 있지마는 동리별로 하나씩 나누는 거라서요.

- 아, 나누다 보면 우수리 떨어지는 거야 다반사잖어.

- 그게 제 담당이 아니라서요.

- 이계장 담당이던가? 이계장이야 따로 만나면 되고. 어이 마담, 여기 김주사 쌍화차 한 잔 드려.

김주사는 쌍화차, 이계장은 아메리카노. 둘러치고 메치고 이리 묶고 저리 풀고 아는 사람 모르는 이 다 두루두루 엮어설랑 원하던 이권이 다방 테이블 위에 딱 하고 떨어지도록 만드는 농사. 이른바 관을 상대로 하는 종합 예술인데 누구는 고추 농사 사과 농사 백날 지어도 다방 농사보다 못하다 하고 누구는 천지에 널린 게 보조 사업인데 못 먹는 놈이 바보라고도 하고 또 누구는 맨날 해먹는 놈들끼리 짜고 치는 고스톱이라고 욕하지만 김주사 알현도 이장쯤 되어야 가능한 일.

끗발 없는 나 같은 농사꾼이야 그저 군청 홈페이지나 들락거릴 뿐 다방 출입은 언감생심이었는데 어쩌다 보니 마을 공동 저장고 사업에 앞장서게 되었더란 말이지.

혼자 좋자고 하는 일이 아니다 보니 면 산업계장도

만나고 기술센터 과장도 만났더랬지. 쌍화차 대신 박카스, 아메리카노 대신 레쓰비 한 캔을 건넸으되 열흘 굶은 시애비 같은 간절함은 전해졌겠지. 사업을 따자고 대구까지 왕복 4시간 걸리는 학교를 매주 다닌 정성까지야 모른 척하려고.

그랬는데, 아뿔싸, 작년 지방 선거에서 군수가 바뀌었네. 군수 바뀌면서 농업정책이 태양광으로 바뀌었네. 인사 발령으로 담당도 다 바뀌었네. 담당 바뀌면서 그동안 농사지은 다방 테이블이 홀라당 엎어졌네.

하는 수 없지. 들인 공이야 아깝지만 어쩔 수 없지. 가끔 다방에서 아부지를 마주치는 민망함을 무릅쓰더라도 테이블은 다시 세워 봐야지. 그랬는데 정부 시책 따라 사업 대표는 반드시 서른아홉이 정년인 청년이어야 한다지.

청년 일자리도 좋고 청년이 있어야 마을이 지속 가능한 것도 좋은데 제기랄 대체 그놈의 서른아홉 안 된 청년이 세상천지 어디 있냐고! 있어야 사업에 응모라도 하지. 탁상행정에 철퍼덕 주저앉았다가 슬그머니 치미는 울화. 청춘아 내 청춘아 빌어먹을 내 청춘은 대관절 어디 갔다니.

어려서부터 부석사가 좋았다.

4학년 1학기, 봄소풍 장소를 거수로 정할 때 남자애들은 오전약수탕, 여자애들은 부석사였는데 나만 부석사로 손을 들어 욕을 먹었다. 남녀 동수여서 '지지바들' 편을 든 나의 배신으로 부석사행이 결정되었기 때문.

일주문 지나 당간지주 앞에서 도시락을 먹고 보물찾기를 했었지. 악인을 밟은 채 검과 비파를 들고 앉아 있는 사천왕상은 얼마나 무시무시했었나. 지팡이를 꽂아 나무가 되었다는 선비화는 전설의 실재를 보는 것 같았는데.

이제 무량수전 대신 돌배나무가 보인다. 해마다 한두 번씩 30년. 지인들 올 때마다 가고 사하촌에 밥 먹으러 가며 부석사를 '관광'했었는데. 마흔이 넘으니 부석사 무량수전 배흘림기둥 대신 돌배나무가 보인다. 무량수전 앞마당 한 구석. 돌배를 가득 달고 돌배나무가 서 있다. 향나무도 아니고 배롱나무도 아니고 먹지도 못하는 돌배가 열리는 돌배나무.

무량수전을 비껴 나 돌배나무 앞에 서서 생각한다. 돌배나무의 생이면 어떠랴. 배흘림기둥으로 쓰이는 건 언감생심. 서까래로도 쓰이지 못할 게 뻔하지만. 뭐, 아님 어때. 저 무거운 지붕을 이고 천 년을 견뎌야 하는 기둥의 생 따위 노땡큐.

기둥은 소나무에게 맡겨 놓고 돌배나무는 돌배를 열심히 날면 그뿐. 저리 아름다운 세상을 발아래 두었는데 솔직히 배흘림기둥이 부러울 게 뭐람.

원숭이 엉덩이는 빨간데 맛있는 건 바나나라는 난해한 결말에 넋을 잃는 사이 매번 간과하는 내용. 사과는 빨갛고 맛있다는 사실. 그런데 붉어 홀대 받는 사과도 있다.

아오리는 원래 맛있는 사과다. 정식 명칭은 쓰가루. 지역마다 차이가 있지만 이곳에서는 8월 중순이 가장 맛있는 때. 적당한 신맛과 단맛, 아삭거리는 식감에 더해 밝고 가벼운 풋내까지. 사과를 좋아하는 이라면 아오리 시즌을 놓칠 리 없겠지만.

미안, 당신이 먹는 아오리는 되다 만 밥. 밥물이 잦아들어 뜸이 들랑 말랑 하는데 대뜸 불을 꺼버린 밥. 설거나 질거나 둘 중 하나.

이렇게 된 건 맨 앞에 앉았던 관객이 일어났기 때문. 맨 앞 관객이 일어나면 무대가 안 보이는 뒷자리 관객도 일어나야 하니까. 남들보다 하루라도 빨리 출하해서 좋은 값을 받고자 하는 농민은 늘 있기 마련.

설익은 아오리를 따서 냈는데 마침 유통 중에 익어버리는 숙성 과정을 감수해야 했던 상인들 이해가 맞아떨어지면서 아오리는 졸지에 바나나가 되었다. 푸른 상태일 때 따게 된 것. 뒷자리 관객들도 못 볼세라 합류하면서 아오리는 이상하게도 푸른 사과가 되었다.

아오리는 원래 빨갛다. 붉도록 두면 다 떨어진다는 단점이 있긴 하지만 아오리는 붉은 사과다. 그리고 붉어야 맛있다. 떨어진 사과를 팔 수는 없으니 푸른빛이 발그레한 분홍으로 바뀌는 그 며칠 사이 수확하면 바나나 따위 비교도 되지 않는 맛을 즐길 수 있다.

그러나 발그레 붉은 아오리를 당신이 먹을 가능성은 제로. 서울은 멀고 유통 과정은 복잡하고 택배 과정은 너무 험해서 살이 무르고 연한 아오리는 멍들고 깨진다. 그러니 굳이 꼭 맛있는 아오리를 드시겠다면 내 농장에 와서 훔쳐 드시라. 훔친 사과는 원래 맛있다.

이맘때 이런 전화 참 많이 받아. 고추 좀 주문하려는데 그거 태양초죠? 그럼 내가 물어. 혹 이정재와 정우성이 함께 나왔던 청춘 영화 아시나요? 아, 태양은 없다! 그래요. 태양초도 없어요.

우선, 태양초는 없다는 사실부터 밝히고 가자. 여기서 말하는 '없다'는 그러니까 내가 태양초를 만들지 않아서 팔 물량이 없다는 뜻이 아니라 태양초라는 건 애초에 돈을 주고 구할 수 있는 물건이 아니라는 뜻이다. 천일건조 태양초는 볕 좋은 날에만 말려도 열흘이 넘게 걸리는데 비 내리고 날 흐리면 반 넘어 희나리라 고추 팔아 생계를 삼아야 하는 농가에서는 애시당초 가능한 미션이 아니다. 자식들 먹일 정성 아니고서는 만들어질 수가 없는 게 천일건조 태양초인데 그렇게 만든 고추를 팔 친정어머니가 어딨겠냐고!

그럼 시중의 허다한 태양초는? 물론 메이드 인 비닐하우스지. 그런데 한낮의 하우스 온도는 가뿐하게 60도를 넘는다는 게 문제야. 온도가 높으면 영양 파괴가 일어나거든. 그럴 바에는 고추 건조기에 넣는 게 낫지 않냐고? 낫지 않지. 굳이 하우스를 고집하는 이유는 꼭지 색깔 때문이야. 볕에 말리면 꼭지가 탈색되어 흰색이 되거든. 흰색이어야 태양초로 인정받고 그래야 비싸게 팔 수 있으니까.

작년 겨울 서울 간 김에 인왕시장에 들러 마누라 등쌀에 고추 사러 나온 어리숙한 남편 노릇을 해 봤어. 건조기에서 삶은 뒤 볕에 말린 반양건초면 속는 척이라도 해 줄 텐데 아예 건조기에서만 말린 화건초가 뻔한 데도 태양초라며 권하더군. 시장이 이 지경이니 다들 농가에 직거래하면 태양초를 살 수 있겠다 믿는 것도 이해는 되지만.

태양초는 없어. 없을 뿐더러 그다지 좋지도 않아. 고추가 열흘 넘게 볕에 있다고 생각해 봐. 매운맛은 휘발되고 붉은색은 탈색되는데 먼지는 또 어쩔 거야. 예로부터 고추를 볕에 말린 건 햇볕 말고는 고추를 말릴 다른 방법이 없어서였다니까. 영양학적으로도 건조기에서 말린 화건초가 태양초보다 낫다는 학자도 있는데 굳이 없는 태양초를 구하려고 애쓸 필요가 없단 얘기지.

애쓰지 않아도 사실 우리는 100퍼센트 천일건조 태양초를 거의 매일 먹고 있어. 일반 식당에서 쓰는 고춧가루는 죄 메이드 인 차이나인데 이게 진짜 천일건조 태양초란 말씀. 중국에서는 고추를 수확할 때 고추를 하나씩 따지 않고 고춧대를 통째로 뽑아 밭에 두었다가 고추가 볕에 다 마른 뒤에 한꺼번에 따거든. 그야말로 오리지널 태양초지. 먼지투성이 아니냐고? 어허, 태양초라니까.

집을 짓는 일은 우주를 짓는 일이다. 일생에 단 한 번, 망치 하나로 그가 우주를 짓고 있다. 논을 메워 트랙터로 터를 다지고 부부가 직접 기초 철근을 엮어 짓는 간곡한 우주.

나와는 보름을 사이에 두고 귀농했다. 천둥벌거숭이 같은 큰 녀석 작은 녀석, 오라비들에게 기죽지 않는 막내 이쁜이까지 모두 다섯 식구. 홀로 사시던 어머님 집에 짐을 풀었는데 '풀었다'는 말은 그저 상징. 막내 색연필은 이 박스에서 꺼내 쓰고 둘째 녀석 내복은 저 박스에서 꺼내 입고. 그래도 다 들이지 못한 짐은 이웃집 빈방에다 쌓아 두었지.

어머님으로서는 절간 암자가 졸지에 코엑스로 바뀐 셈이랄까. 갈등은 당연지사. 빼입고 나서길래 물으니 싸우고 친정 간 아내 '모시러' 가는 길이랬지. 고추밭에 줄 매다 말고 이게 무슨 꼴이냐며 허허 웃었더랬는데.

결국 귀농하던 그해 가을. 마을의 빈집으로 또 이사했지. 집이라야 방 하나 창고 하나. 풀지 못했던 짐을 고스란히 옮겨 와 창고에 쌓아 두고 방 한 칸에서 다섯 식구가 지내던 그 겨울. 너는 군불 때는 방이라 절절 끓어 좋다며 허허 웃었더랬지.

작년 가을에는 네 집 앞을 지나는데 느낌이 '싸아' 하더라구. 들어가 보니 세간이 없네. 어머님댁 뒷집이 새로 집을 지어 나갔는데 그 빈집에 또 이사 갔노라고, 이삿짐이랄 게 없어서 연락 안 했노라 너는 또 허허 웃었더랬는데.

상호야, 그 많은 논밭 소처럼 농사짓는 상호할배야. 축하한다. 네가 짓는 집은 아무렴, 운동장 같고 카페 같고 대궐 같아서 지붕을 올리는 날이면 온 우주가 비를 피하게 될 터이지. 고맙구나. 그 처마 아래 앉아 네 아이들이 옥수수처럼 자라는 시간을 볼 수 있게 해 줘서.

가끔 듣는 질문. 그거 유기농인가요? 초보 농부일 때는 어버버했다. 그게요, 약을 치긴 치는데요, 가능하면 어쩌고저쩌고. 농사 이력이 좀 붙은 근래에는 농담 삼아 묻는다.

– 절이나 교회에 다니세요?

상대가 네? 하는 사이 덧붙인다. 절이나 교회 믿듯 저를 믿으시라고. 그리고 유기농을 드시려면 돈이 많으셔야 한다고.

'유기농이란 무엇인가'부터 시작하는 나락 이삭만큼 많은 논쟁은 일단 제쳐 놓고 그거 유기농이냐고 묻는 질문이 얼마나 폭력적인지만 얘기하자면.

감자를 심었어. 유기농으로 재배하고 싶어서 토양 살충제며 화학비료는 넣지 않았지. 비료 대신 거름을 넣으려면 300평 한 마지기 두 차는 넣어야지. 심자마자 풀이 나기 시작하네. 비름이야 감자 싹보다 늘 먼저 나지만 바랭이가 포기를 덮으면 감자는 구경도 못하니까 일단 착석. 그리고 뽑아야지. 풀을 뽑고 뽑고 또 뽑았는데 돌아보니 풀은 벌써 저만큼 자랐네. 그러면 이제는 호미 들고 뒤돌아 착석. 매고 매고 또 매고. 날은 뜨겁고 허리며 무릎은 저리고 아픈데 유기농이니까 할 수 없지.

그런데 어쩌지. 심은 건 다섯 마지기. 죽자고 풀을 매도 내가 맬 수 있는 한계는 겨우 두 마지기. 나머지는 품을 사야겠구나. 감자밭에 호미를 들고 단체로 포복하고 있는 풍경은 유기농이라 그렇지. 그래도 풀은 나고 그래 내가 졌다 싶을 때쯤 수확을 하는데 약을 안 쳤으니 더 댕이병이며 굼벵이 먹은 감자가 태반.

농사에 들어간 밑천은 2배, 수확은 절반. 설라무네 유기농지어 생계를 삼자면 감자값이 관행농의 서너 배는 되어야지 싶은데 알아주는 사람이 없구나. 하여 생협 등을 알아 보면 이곳에서는 인증이 기본이고 이쁘고 멀쩡한 상품만 받는다지. 유기농은 애시당초 이쁘고 멀쩡하기가 힘든데!

그래도 유기농을 하겠다고 관의 인증을 받자면 이게 또 첩첩하고도 첩첩해서 각종 서류는 기본, 교육은 필수, 오라 가라는 옵션인데 인증 비용도 다 내가 부담하래지. 이렇게 첩첩한데 또 꼼꼼하지는 않아서 독초로 만든 살충제는 친환경이라지? 어이, 여뀌며 할미꽃 삶은 물은 농약보다 독하다고!

여하튼, 이 모든 고난을 뚫고 기어이 유기농 감자를 수확한 거야. 그리고 저 전화를 받는 거지. 그거 유기농인가요? 네, 그럼요, 유기농이고 말고요. 값은요? 네, 10킬로그램에 4만 원입니다. 뚝, 그 사람은 전화를 끊고 그랬을 거야. 감자 팔아 빌딩 세울려나 보네.

유기농은 단순한 농법이 아니라 농사를 대하는 농부의 철학이야. 자연과 생을 대하는 자세이기도 하고. 유기농을 지향하는 것만으로도 그 농부는 존경받아야 한다고 생각해. 그렇더라도 유기농 감자 한 마지기 밑천으로 200만 원이 들어갔는데 장사꾼은 70만 원을 준다 하고 농협은 유기농 유통 경로가 없고 생협은 예쁘고 멀쩡한 상품만 요구하는 중에 소비자마저 비싸다 외면하면 이 농부는 대체 어떻게 해야 하는 걸까? 얼마 전 제주도 유기농 부부가 판로를 찾지 못하고 빚더미에 앉아 극단적인 선택을 했다는 비극적인 뉴스를 들었어. 취하도록 막걸리를 마셨던 건 그 사정이 환하도록 눈에 보여서였지. 너무 환해서 눈이 아프더라. 눈물이 날 만큼. 제기랄!

　그러니 그거 유기농이냐고 묻지 마시라. 누군들 농사지어 먹고사는 일을 강원랜드 룰렛판 위에 올리고 싶을까. 관행농으로도 충분히 위태롭고 아슬아슬한 생계란 말이지. 다행히 그 감자가, 옥수수가, 당근이, 배추가 유기농이거든 기쁘게 지갑을 여시라. 속일 방법은 얼마든지 있고 인증 따위 아무것도 아니지만 최소한 유기농이라고 말하는 농부는 스스로의 생이 부끄럽지 않은, 먹고사니즘 따위에 굴복하지 않는 씩씩한 농부일 테니까.

– 씰랑? 씰랑?

– 신랑은 내가 신랑이고 여기 일하잖아요. 와이프는 신부. 신부는 집에. 하우스.

– 아달아달? 딸딸?

– 아들 하나. 둘 아니고 하나.

오십 다 된 촌부를 신랑이라고 부를 리 없으니 아내가 있느냐 물은 걸 테고 손가락 한두 개를 폈다 접었다 하는 걸 봐선 자식을 묻는 거겠지. 손짓 발짓으로 얘기를 나누었으나 서로 알아들었는지는 확인 불가.

해마다 품을 사는 일은 점점 더 힘들어져서 결국 올해는 외국인 노동자 품을 사서 고추를 딴다. 말이 통하지 않으니 그저 웃는 것으로 일을 부탁하고 커피를 건넬 뿐. 캄보디아에서 이 낯선 나라 외딴 골짜기까지 와 품을 팔아야 하는 저간의 사정이야 오죽하랴 싶지만 겨우 알아낸 건 저 아줌마는 자식이 셋이고 저 아줌마는 씰랑이 없고 저 아줌마는 딸이 둘이라는 것 정도.

가난한 나라의 국민으로 태어난 건 저들의 탓이 아니었으되 가난한 나라의 국민으로 사는 설움은 고스란히 저들의 몫. 가난한 나라에 얽힌 세계사적 약탈과 학살과 소외를 넘겨짚으려니 일당 8만 원이 너무 낮 뜨겁다. 미안해요. 그러려던 건 아니지만 고추는 자꾸 붉고 일손은 없고 그래서요. 정말 미안해요.

혼자 중얼거리는 내 말을 들었나 보다. 참을 먹다 말고 썰랑이 없는 아줌마가 또렷한 발음으로 말했다.

– 고마씀니다.

아니에요 천만에요라고 말하려다 못 알아들을 것 같아 더 크게 답했다.

– 제-가-고-맙-습-니-다!

아직까지 새벽은 농부의 시간. 입추 지나고 말복 지나자 거짓말처럼 선선해졌어도 한낮은 아직 땡볕. 살아남자면 볕을 피해야지. 잠든 아이의 이마를 짚은 뒤 모자를 쓰고 장화를 신는다.

날이 밝자면 아직도 한 시간. 밤이 길어져서 5시에도 세상은 희끄무레한데 종태할배는 벌써 밭머리에 앉아 담배를 태우시네. 하마 나오셨니껴. 뜨겁기 전에 뭐라도 하자면 안 나올 수 있나. 날이 어지간해야 말이지.

그러게요. 어지간해야 말이지요. 폭염이 한 달. 폭군의 폭정이야 세상을 버리거나 활빈당이 되어 피한다지만 폭염은 피할 수 없는 가렴주구. 옥수수는 잎이 마르고 콩 꼬투리는 오그라 붙었지. 무는 싹이 안 나고 단호박은 아예 접었는데.

거둘 것 없는 빈 들이어도 새벽은 농부의 시간. 어둑어둑할 때 풀을 베고 희끄무레할 때 배추를 심고 어슴푸레할 때 고추를 따지. 따면서 고(故)노회찬 의원이 말했던 6411번 버스를 떠올리는 거지. 새벽 4시에 출발하는 6411번 버스를 타고 강남의 빌딩을 청소하러 가는 신도림 아주머니를 생각하는 거지. 없는 사람은 없는 사람끼리 보듬어야 하는 이 가난한 연대. 이 헐거운 연대처럼 힘없이 와 있는 가을에 대해 생각하는 거지.

autumn

4

가을

가을이어서 기쁜데 가을이 지나가면 더 기쁠 것 같군요

가을. 명사. 무더위가 가고 찬바람이 돌면서 단풍이 물들고 곡식과 과일이 익는 계절, 이라고 사전에 써 있군요. 가을입니다. 사전이 정의하는 가을로는 다 표현이 안 되는 계절. 저는 제 마음대로 '가을가을하다'라는 사전에도 없는 말을 쓰는데요, 세상은 일거리로 가득 차 있고 몸은 끝도 없이 고단한데 저물어 돌아오는 길이면 노을은 대책 없이 아름다워서 가만히 보고 있노라면 마음 한쪽이 서늘하게 베이는 느낌이랄까요. 이 가을, 잘 계시나요.

　아침저녁으로 서늘하다 못해 소름이 오소소 돋는 날씨를 보면 얼마 전 폭염이 거짓말 같습니다. 날씨야 더웠다 추웠다 하는 게 일상이고 사람들도 덥네 춥네 투덜거리는 게 정상이지만 더웠다 추워지는 그 한때, 반팔을 벗고 외투를 입는 그사이, 카디건을 꺼내 걸쳤다 벗었다 하는 동안, 가을은 아이스크림을 깨물었을 때 느끼는 두통처럼 우리를 아찔하게 합니다. 항상 뜨겁거나 늘 추운 건 정상이 아니라고, 더러 덥고 가끔 춥고, 사는 일도 뜨겁거나 차갑거나, 오르락내리락, 열병을 앓다가 감기도 걸렸다가 그러는 게 정상이라고, 머릿속을 휑하니 빗자루로 쓸 듯이 환기시키는 거지요. 사는 일도 원래 그렇다고 가을이 말해 줍니다.

물론 농부에게 가을은 몸살이지요. 세상은 온통 일거리. 엊그제는 참깨를 베었구요, 그제는 추석맞이 마을길 풀베기를 했고요, 내일은 10월에 딸 사과 봉지를 벗겨야 하지요. 물론 아침저녁으로는 고추를 따야 하고요. 그 와중에

송이가 났는지 안 났는지 뒷산에도 가끔 가 봐야 합니다. 당연히 저녁밥을 먹자마자 코를 골며 쓰러지지만.

　일만 하면 또 무슨 재미인가요. 일이 끝난 저녁, 이웃들이 모였습니다. 종일 뒤집어쓴 먼지를 씻고 저녁을 먹고 날도 쌀쌀하니 잠바를 걸치고 마을회관에 모였습니다. 가끔 문화예술 마을.관에서 하는 프로그램에 선정되어 주민들끼리 뭔가를 해 보자고 일을 꾸몄습니다. 영화관이 없으면 어때, 콘서트 따위 볼 형편도 안 되지만 농사꾼이라고 흥이 없으랴. 회관 앞마당에 마이크를 세우고 조명은 가로등. 돼지고기도 삶았습니다. 주민들끼리 하는 작은 음악회. 읍내 아코디언 선생을 모시고 색소폰 연주자도 모셨습니다. 아코디언에서 '동백아가씨'가 흘러나오자 다들 '그리움에 지쳐서 울다 지쳐서~' 목청을 높입니다.

색소폰이 '내 나이가 어때서'를 연주할 때는 다들 벌떡 일어나 어깨춤을 춥니다. 평생 밭머리를 도느라 무릎을 잃고 허리가 굽었지만 그래도 아직 내게는 연정이 있다네. 그깟 나이가 뭐라고 '사랑에 나이가 있나요' 흥에 겨운 좋은아저씨가 보기 드문 망건을 꺼내 쓰시는 통에 다들 한바탕 웃음이 납니다. '목포의 눈물'은 가을밤 맑은 별 사이로 흘러가고요 가로등 불빛 밖에서 반딧불이 깜빡깜빡 박수를 치는군요.

그런 가을날입니다. 머지않아 서리가 내리겠지요. 서리가 내리면 가을도 끝. 고된 일도 끝. 가을이어서 기쁜데 가을이 지나가면 더 기쁠 것 같군요. 아직도 남은 저 산더미 같은 일들. 대추도 따야 하고요, 들깨도 베야 하는데요, 저 밤은 또 언제 줍나요. 저는 바쁘더라도 당신은 한가하고 넉넉한 가을 되시길. 먼저 손 내밀어 화해하는 가을이시길.

툭. 하고 가을이 왔다. 대추가 크듯 기별 없이 가을이 오고 자두가 떨어지듯 생각 없이 여름이 지났다.

그러니 이제는 안부를 물어야 할 때. 참깨를 엮어 말리노라면 당신은 참 까마득하기도 해서 깨알 같은 그리움이 쏴아아 쏟아지는데. 옥수수는 저 혼자 깊게 익어 그리움이 익으면 저렇겠구나 싶은데.

밭둑의 개망초는 어쩌자고 그리 유난했었나. 논두렁 바랭이는 가뭄도 타질 않더니, 명아주를 베다가 고개를 들었더니 저기 먼 곳에 지나는 소나기처럼 가을이 와 있다.

그러니 이제는 안부를 물을 때. 날 저물어 옷을 털며 돌아가는 저녁. 저무는 산 저무는 마을 아래 흐린 등불처럼 아득한 허기. 허기보다 간절하여라. 당신의 안부.

잘 지내나요?

테스트 테스트, 아 아, 주민 여러분 이장입니다. 잘 계셨습니까. 참 날이 얄궂습니다. 그렇게 가물고 뜨거울 때는 안 오더니 쓸데없이 늦장마가 길었습니다. 마카 피해는 없으십니까?

알릴 말씀은 다른 게 아니고 에…… 또…… 가을이 왔습니다. 가을이 온 걸 몰라서 방송까지 하느냐시면 좀 민망합니다만 오늘 아침 일어나 논물을 보러 나가는데 어찌나 선득한지 도로 들어가 잠바를 입고 나왔습니다. 환절기에 감기는 서로 조심해야겠지만, 우짭니까 또 가을이 왔는데.

코스모스는 흔전만전 피고요 메뚜기는 한철이라 사방팔방 뛰고요 사과는 지 맘대로 붉고요 나락은 늦장마에 자빠져서 싹이 다 날라카는데요, 우짭니까 또 가을이 왔는데. 가을이니만큼 면에서 정부수매 신청을 받을 거고요, 내년 거름 보조 사업을 지금 받고 있으니 저 보시거든 잊지 말고 신청해 주시소. 그리고 또 가을이니만큼 엊그제 돌아가신 선돌어른 묘 터에도 가을볕이 좋을 거고요, 왔다가 3년 만에 나간 진기네 집 마당은 고추를 널기 좋을 겁니다.

어쨌거나 가을이고 또 가을이니만큼 벼멸구 방제 다 잘하시고 마카 다 외롭고 그립고 그러지 않았으면 좋겠습니다마는 길게 얘기해 봐야 단호박 꽃 떨어지는 소리 같겠지요. 그래도 우짭니까 가을이 왔는데. 가을이니만큼 흰소리도 이해해 주시겠거니 하면서 방송을 마치겠습니다. 이상 이장이었습니다.

늙은이는 벌써 늙었고 젊은이도 늙을 게 자명하니 농사지을 사람이 없구나. 하여 도지사께서 '마을영농'이라는 걸 권하시는데 이게 공동으로 경작하고 공동으로 나누는 영농이렷다. 늙은이는 땅을 내고 젊은이는 품을 내어 젊은이들끼리 늙은이의 땅을 경작하고 수익을 나누는 방식인 바, 어른들 말씀이 "빨갱이 하던 거랑 뭐가 다르노".

뭐가 다른지는 6·25 때 안 살아 봐서 모르겠고요 공동으로 농사시으믄 마을에 저온저장고도 지어 주고 감자 선별기도 사 준다니더. 어, 그름사 자네가 나서서 함 해 보게 하여 얼떨결에 대표를 맡고 보니 대표 노릇도 사업을 따낸 뒤의 일이라.

군내에 신청한 마을은 두 곳. 그러니까 저쪽 마을만 제치면 우리 마을이 '빨갱이 마을'로 선정될 수 있다는 얘기. 그런데 저쪽 마을 대표는 마을영농 CEO과정을 이수했구나. 진작 저쪽 마을에 사업을 주기로 내정되었는데 물정 모르고 우리가 끼어든 꼴.

가만가만, 우리가 시방 들러리에 빙다리 핫바지꼴 아니더라고? 열받은 이장님 군수실로 쳐들어가 "사업을 주소!" 하니 군수님은 염화미소만 풀풀.

그렇다면 총공세지. 심사 왔던 양반들 사는 곳이 어드메뇨, 면장님이 나서고 항렬 높은 문중 어른께 부탁하고 초등 동창에게 넌지시 일렀다. 사돈의 팔촌은 이럴 때 쓰라고 있는 게지. 친인척을 싹 뒤져서 말참견을 부탁했던 바, 할 만큼 했으니 진인사대천명이렷다.

거름값도 안 되는 줄 몰라서가 아니라, 7월 홍수 출하만 피하면 감자값이 오르는 줄 몰라서가 아니라 단지 저온저장고가 없어서 해마다 그냥 밭떼기로 넘겼지. 똥값인 줄 뻔히 알면서 염천에 감자를 상차하다 보면 '이깟 농사 개나 주지' 소리가 절로 난다니까. 저온저장고만 있으면, 그래서 마을에 뭐 하나라도 보탤 수 있으면. 기대하시라, 빨갱이 마을 쟁탈기. 개봉 박두!

그렇지. 태풍에는 막걸리지. 아침부터 비가 추적추적. 태풍이 온다는데 딱히 할 수 있는 게 없어 낮술을 마신다.

날궂이는 원래 농투사니의 것. 비 오는 아침 10시에 '뭐하시나' 묻는 전화가 오지 않는다면 농부가 아니지.

- 비 오면 하우스에서 고추라도 딸 일이지 왜 전화를 하시나.

- 안 그래도 새벽부터 고추 따다가 들어왔네. 바쁘면 끊고.

- 어허. 아무리 바빠도 친구 전화를 그렇게 끊으면 쓰나.

쓸 수 없는 감자를 갈아 감자전을 부친다. 비는 추적추적. 감자전이 익는 사이 바람이 골짜기를 휘익 감았다

놓는데.

- 사과 떨어질까 겁나네.

- 좀 떨어져야 값이 있지. 그렇게 가물었는데 가을 되니 풍년일세.

- 풍년거지 더 섧다고 내사 풍년 달갑잖네. 풍년일수록 시세가 없다니까.

- 농사에 시세 좋은 시절 같은 건 원래 없는 거라네. 한 잔 하세나.

비가 추적추적. 바람이 일렁일렁. 술이 꿀떡꿀떡 자알 넘어가는 걸 보니 태풍은 고이 지나가겠구나. 그런데 이놈의 막걸리는 다 좋은데 트림이 영 못쓰겠단 말이지. 끅, 꺼어억~~.

농부도 가끔 바다가 보고 싶다. 매일 초록 바다에서 고추를 따느라 허우적댔는데 구명보트는 감감무소식. 30기나 되는 산소를 벌초하고 절을 하고 전을 부치고 다시 절을 했는데도 구명튜브조차 보내지 않는 조상님들아, 후손은 차마 익사하기 억울해 바다로 가노니!

바다에는 서퍼가 있더군. 파도를 타고 파도가 끝나는 곳에서 자맥질을 하는 이들이 있더군. 해변에 앉아 서핑하는 이들을 오래 보았네. 오래 보고서 겨우 알았지. 서핑은 파도를 기다리는 일.

바람이 불고 파도가 오면 재빨리 보드에 올라 엎드려야지. 파도보다 빨리 물을 헤치다가 파도의 앞등을 타는 순간 일어나 무릎으로 방향을 잡고 허리를 낮추고 파도보다 자유롭게 뭍으로 오는데,

타는 것보다 중요한 건 기다리는 일. 파도는 낮거나 높거나 느리거나 빠르더라도 스스로의 깜냥으로 탈 수 있는 물매는 본인밖에 모르지. 모든 파도를 탈 수 없고 올라탄 파도조차 기다렸던 파도인지 알 수 없지만,

나도 그저 나의 파도를 기다릴 뿐. 기다리는 동안 바람이 자거나 혹은 바다가 뒤집힌대도 나는 그저 나의 파도를 기다릴 뿐. 기껏 올라 탄 파도가 너무 높고 빨라서 무릎을 펴기 전에 고꾸라진대도 뭐 어때, 다시 저기 파도가 시작되는 곳으로 가면 되지 뭐. 가서 보드 위에 앉아 기다리면 되지 뭐. 바람은 불고 파도는 일고 세상 따위

나 몰라라 올라탈 나의 파도가 언제고 밀려올 테니.

　　　　　　　　벌초를 한다. 중년의 두 아들
은 예초기로 풀을 치고 늙은 아비는 갈퀴로 풀을 내린
다. 원주변씨 첨추공파 21대손은 예초기를 지고 산을 오
르내리는 것만도 버거운데 여든 된 20대손은 이 산 저
골짜기 흩어져 있는 산소 가는 길이며 누구의 묘인지를
자식에게 알려 주느라 마음이 바쁘다.

　- 내 가고 나면 니들이 더 하겠나마는 내 있는 동안
에는 해야지.

　정승도 아니고 판서도 아니고 종육품 찰방이 입향조
인 초라한 양반가. 명색이 종가였으되 20대손의 아비는
한국전쟁 때 끌려가 생사를 모르고 어미는 일찍 죽고 형
제들도 어려서 죽어 20대손은 고아나 다름없이 컸다. 가
파른 현대사의 절벽에서 떨어지지 않고 가까스로 버티느
라 몸은 늙고 쇠했는데 늙을수록 뿌리에 대한 애착만 깊
어져서 해마다 벌초가 더욱 새삼스럽다.

　- 다른 산소는 다 묵혀도 이 산소는 꼭 벌초하그래이.

　아비의 어미가 묻힌 묘는 떼는 없고 잡초만 듬성듬

성한데 할머니를 본 적 없는 그의 아들들은 그저 묵묵히 풀을 깎을 뿐. 아들도 산소는 망자가 아니라 남은 이들을 위한 것이라는 사실쯤은 아는 나이가 되어서 떼가 벗겨지고 봉분이 무너진 산소는 이제라도 묵혔으면 싶은데, 정작 마음이 쓰이는 곳은 봉분이 무너져 산소였던 흔적만 남은 자리. 그 자리에 뒹구는 쓸쓸함 따위가 마음에 걸려 아들은 또 생각한다.

– 내 가고 나면 형민이가 하겠나. 내 있는 동안에는 해야지.

그렇게 그렇게 쌓인 산소가 23기. 몰락한 종가로서는 너무 많은 벌초.

아이에게 전래동화를 읽어 주었다. 오래 살기가 소원인 영감이 넘어지면 3년밖에 못 산다는 3년 고개에서 넘어져 걱정 끝에 병을 얻었는데 손자가 꾀를 내길 '3년 고개에서 한 번 넘어지면 3년이지만 10번 넘어지면 30년, 100번 넘어지면 300년 사시잖아요' 하여 그 영감, 매번 고개를 데굴데굴 굴러 넘었다는 내용.

장인어른 성묘차 상경했다. '워낭소리'로 유명한 시골의 촌부는 교통 체증조차 새삼스러운데 눈이 아프게 빽빽한 아파트를 보노라니 문득 고이는 서글픔. 저 아파트한 칸을 마련하기 위해 견뎌야 했던 지루하고 비루한 시간. 300년 아니라 30년도 버티지 못할 지상의 방 한 칸을 위해 내가 굴러 넘어야 했던 고개는 또 얼마나 가파르던지. 24평이거나 33평이 고작일 지상의 방 한 칸을 포기하고 고개를 내려와 6,000평 밭에 콩을 심는 처지가 되었는데도 저 아파트의 숲은 서글프다.

"형민아, 사람은 영원히 살 수 없는 거야. 할아버지 할머니도 언젠가는 돌아가실 테고 아빠 엄마도 나중에 하늘나라로 가야 해. 그러니까 나중에 형민이도, 저렇게 엄마가 외할아버지를 기억하는 것처럼 엄마 아빠가 죽은뒤에 엄마 아빠를 기억해 줘."

아내가 장인어른의 납골 앞에 잠시 서 있는 동안 아이와 밖으로 나와 엄마가 눈물을 보이는 이유를 설명해주었다. 한참을 조용히 듣고 있던 아들이 물었다.

"외할아버지는 왜 3년 고개에서 안 구르셨어?"

마당을 쓸면 한 소쿠리는 모을 수 있겠다. 저 볕들. 깊은데 가볍고 따가우면서 평화로운 저 볕들. 마당이 온통 볕에서 나는 바스락바스락 소리로 가득한 아침. 가을이다.

가을이고 가을인데 어쨌거나 가을이니만큼,

봄에는 고추꽃조차 피지 않도록 가물었다가 참깨를 수확하려니 가을장마여서 하늘의 심술도 참 어지간하다 싶던 날씨와

양파 6만 톤이 남아 양파 밭을 갈아엎었는데 그 6만 톤이 꼭 수입 물량이라지, 제기랄 욕도 아까운 농정과

농민이 호구냐, 농민들 상대하지 말고 1,000만이나 된다는 저 서울 사람들을 상대로 장사를 하란 말이다, 말해 봤자 입만 아픈 농협과

심기는 또 어찌어찌 심었는데 거둘 일을 생각하니 온 삭신이 미리 아픈 나의 게으름과

쉰이 머지않았는데도 밥벌이에 무지한 나의 어리석음과

그립다 그립다 노래를 불러도 꿩 구워 먹은 소식인 당신과

화해해야겠다. 가을이니까.

고추를 따면서 드는 생각. 어쩌다가 우리는 이 맵고 자극적인 고추를 삼시 세끼 김치로 먹고 고추장으로 먹고 하다못해 콩나물 무침에도 넣어 먹게 되었을까? 임진왜란을 전후해 들어왔다는데 우리 구미에 맞는 뭔가가 없었다면, 세종대왕 잡숫던 백김치가 이다지도 시뻘겋게 바뀌진 않았을 터. 남아선호 때문인가? 아니면 외제품에 대한 뿌리 깊은 선호?

가을이라지만 한낮의 바람 없는 고추밭은 건식 사우나. 엉덩이에 30센티미터 높이의 방석을 깔고 앉아 뭉기적 뭉기적 고추를 따노라니 저절로 답을 알겠다. 사는 일이 팍팍해서다. 부귀영화는 남의 일, 내 앞에 놓인 건 그저 자갈밭이어서 걷기만 해도 발이 아픈데 그 밭을 갈아 콩도 심고 팥도 심어야 하는 생이어서겠지. 자갈밭을 갈다 돌아와 밥 한술 뜨려니 찬이라고는 달랑 고추 몇 개 된장 한 보시기. 밥에 물 말아 후루룩 넘기는 중에 매운 땡초 된장 찍어 찬을 삼노라면 혀도 아리고 속도 아려서 자갈밭 생 따위 그나마 잠시 잊을 수 있어서겠지.

몰래라도 미국으로 넘어가기가 소원인 멕시코 사람들이나, 폐지되었다는 카스트 아래 불가촉천민이 엄연한 인도 사람들을 보라고. 유독 매운맛을 좋아하잖아. 스웨

덴 사람들이 닭고기 수프에 칠리 넣어 먹는다는 소리 들어 봤어? 핀란드 사람들이 자기 전에 자일리톨 대신 고추를 씹지는 않잖아. 살기 팍팍할수록 매운맛을 즐긴다는 내 '고추선호 이론'은 나름 근거가 있다니까.

하기야 굳이 멕시코, 인도, 대한민국일까. 사는 일은 누구에게나 팍팍하고 팍팍하지. 브라질의 고추는 커피일 테고 독일의 고추는 맥주일 테지. 고단한 생을 위무하는 커피거나 맥주, 담배 같은 사소하지만 대체 불가능한 것들. 고추를 따고 해 질 녘 돌아가 마시는 막걸리 한 잔의 위안이란! 그때 나오는 막걸리 안주가 다시 풋고추라는 건 물론 비극.

자전거를 탄다. 가을이라 바쁜데 가을은 또 라이딩 시즌. 바빠 죽겠다고 엄살을 떨면 '너만 바쁘냐'고 슬슬 고개 돌려 외면하는 그 틈 사이, 로드사이클을 탄다. 로드를 다시 타는 건 오랜만. 저지, 쫄바지, 고글, 장갑, 헬멧에 클릿슈즈까지. 그래 봤자 자전거 타고 논물 둘러보는 아저씨.

나는 왜 이 나이가 먹도록 자전거가 좋은 걸까? 20대에는 전국 일주, 30대에는 자전거 출퇴근. 마트도 쫄바지를 입고 활보했었지. 연애 시절, 아내의 동료들은 쫄바지 애인이라 불렀다는데. 생각해 보니 에휴, 가관이었겠구나.

자전거를 좋아하는 건 생을 대하는 일종의 태도. 이를테면 간밤 과음으로 머리에서는 술떡이 찌고 있는 출근길, 문득 생각하는 거지. 물 맑은 강가에 가만히 앉았다 오고 싶다고. 해장부터 하고, 물 맑은 강가가 안 되면 물 뜨거운 사우나라도. 하루쯤 지각해도 뭐 어쩌라고.

자전거는 그러니까 '뭐 어쩌라고'에서 출발해 '까짓것'을 거쳐 '에라 모르겠다'에 도착하게 되는, 느리고 착실한 일탈의 도구. 속도에 어지러울 때, 경쟁에 숨 막힐 때, 성취는 아득하고 사는 일이 지리멸렬하다 싶으면 자전거를 타는 거지.

다리로 원을 그리는 단순한 동작만으로 안면도를 가고 춘천을 가고 속초를 가는 사이, 도착하지 못한대도 괜찮아, 생은 어차피 닿을 수 없는 것으로 가득하다는 걸 아픈 엉덩이로 깨닫는 거지. 그러니 남은 건 그저 엉덩이를 달래 가면서 허벅지의 힘으로 느리게, 지금, 여기를 나아가는 것.

나아가는 건 좋은데 그 민망한 쫄바지는 어쩔 거냔

질문에는 글쎄. 같은 질문을 십 수년째 들으면서도 바지 속 패드가 엉덩이의 고통을 줄여 준다는 구차한 대답밖에 못 했었는데 아저씨가 되니 절로 답을 얻는다. 뭐 어때, 조금만 '쪽팔리면' 인생이 즐거운데!

　

— 보람상조 정팀장아! 어어허 덜구야! 내년에는 지점장일세! 어어허 덜구야!

덜구질*하다가 상조 직원 진급까지 챙기는 분위기라면 상주 쪽 노잣돈은 다 나왔단 얘기. 선소리하는 양반이 생긴 건 점잖은데 흰소리가 제법일세. 여보시오, 그렇기로서니 일본 제품 불매 분위기에 노잣돈 '앵꼬'났단 소리가 웬 말이오.

어제는 대재형님네 뭐 되는 이, 오늘은 대수형님 모친상. 이틀 내리 산역이다. 오늘은 특히 모처럼 꽃상여.

— 올봄에도 정정하시다마는.

— 아흔다섯이면 가실 때도 되긴 되었네.

— 평생 농사지은 할매가 우예 그리 곱든지 가실 때도

• 덜구질 : 달구질의 경상도 방언. 집터나 땅을 단단히 다지는 일.

곱게 꽃상여를 타시네.

   – 꽃상여도 참 오랜만이지.

모처럼 가을볕. 태풍에 쓰러진 나락을 세우다 말고
다들 모였다. 요양병원과 장례식장만 성업인 시골에서도
상여는 드문 일. 상여 멜 상여꾼을 채우자면 이웃 동네
에서 사람을 빌려야 하는 형편이라 오늘도 상여꾼 스물
을 다 못 채우고 상여가 산을 오른다.

   – 간다 간다 나는 간다 북망산천엘 나는 간다! 어어
호 어어호 어허 넘차 어어호.

상여는 가다 말고 노잣돈 없어 못 간다 쉬고, 목이 마
르다 쉬고, 고갯길 험하다 쉬는 사이 뒤따르던 동네 사람
들은 벌써 사과나무 그늘 사이에 자리를 편다. 4남 2녀
자녀들이 각자 손주까지 보았으니 보기 드문 대가족인
데다 장수하고 고이 가셔서 다들 호상이다 말을 보태는
데 아무렴 잔칫집보다 초상집이란 말은 다 까닭이 있지.
수육이며 문어가 넉넉하고 가마솥 국밥이 푸지다. 대수
형님네 베트남 며느리는 꽃상여며 덜구질 따위가 처음일
터. 며느리뿐일까, 도시 살던 망자의 증손들은 아예 동영
상을 찍느라 바쁘다. 망자가 마련한 마지막 축제.

   – 도솔천이 어드메뇨! 어어허 덜구야! 천년 집을 지어

보세! 어어허 덜구야! 이히옹아!

잘 가시소, 할매요. 이 풍진 세상 참 오래 애 잡쉈니더.

일하기 좋은 날이 놀기는 더 좋지. 가을이라 바쁜데 가을이라 놀거리가 천지다.

이 바쁜 철에 군민 체육대회는 또 어쩐 일이람. 군민 체육대회니만큼 12개 읍면에서 '체육 좀 한다'는 이들을 뽑아 읍면 단위로 겨루는데 체육 좀 하는 이들이 이 궁벽진 고장에 있을 리 없으니 뛰는 이들은 죄 용병. 임기 댁 아들 친구가 체대 다닌다 해서 불려 오고 휴가 나온 장성댁 아들이 덩치 좋아 씨름 선수로 뽑혔다. 뛰는 건 용병에게 맡겨 놓았지만 아무래도 좀 민망하니 줄넘기며 공 튀기기, 훌라후프는 우리 몫.

아이 참, 바쁜데 고추 따다 말고 모여 줄넘기를 연습하고, 거 참, 바쁜데 토마토를 포장하다 말고 모여 훌라후프를 돌린다. 그 곁에서 풍물패는 경연대회 연습하느라 진을 짰다 풀었다 진이 빠지게 연습하는데, 게을러서 맡은 싱 연습에 안 나가고 바쁜데 바쁜데 징징거리기만 했더랬지.

어쨌거나 다들 바쁜데 부지런히 모였다. 관람석에서는 국밥이 끓고 그 와중에 바쁘게 내년 총선용 명함을 돌리는 이가 있으니, 아 글쎄, 공천을 받아 놓고 오라니까. 오픈 뿌락치인가 뭔가 한다잖니껴. 아, 그러니까 공천을 받고 오라고. 그 공천을 군민들이 한다니까요. 어 참, 바쁜데 그런 시덥잖은 소리 할라믄 가.

경기장 밖에는 바쁘게 판을 벌린 약장수가, 곁에서는 트로트 테이프 장수가 뽕짝 볼륨을 높인다. 원님 덕에 나발 분다고 그래, 덕분에 하루 노는 거지. 그런데 가만 있어 보자, 하루가 아니네. 내일은 또 삼계 줄다리기하고 풍물 경연 날이구나.

이런 참, 가을이라 바쁜데 놀기는 더 바쁘네. 아이 참, 신나게스리.

　　　　　　　　　　　－ 어허, 여기는 지금 풍물 판이라니까. 북을 메고 있는데 타작을 우예 하는고. 담에 하세.

바야흐로 꽃보다 풍물이다. 콤바인이 이웃 논을 베고 있는 참에 오늘 타작하자는 형수 전화를 그렇게 끊고 대수형님은 흥이 났다. 덩더쿵 얼쑤!

가을이니 할 일은 산더미. 참깨도 털어야 하고 수수는
또 언제 베나. 사과원에 반사필름도 깔아야 하고 무엇보다
타작이 급한데 에라 모르겠다, 오늘은 풍물이 급하지.

봉화송이축제를 열흘 앞두고 급조된 풍물패의 리더
는 산 너머 이웃 하늘이 아빠. 대학가요제 본선 진출의
화려한 과거가 꽹과리를 만나 다시 빛나는데 20년 만
에 북채를 잡은 나는 20년 전의 청춘만 생각하고 자발
없이* 뛰다가 20년 세월을 근육통으로 실감 중. 상호네
는 내외 모두 북을 메고 주용이는 새파란 마흔이니 무
거운 징을 들었는데 열흘의 연습 결과 익힌 장단은 자
진모리 휘모리 달랑 두 개. 두 개 장단으로 10분 공연
을 어떻게 때우나.

– 남들이 뭐라든 우리만 재미있으면 안 될니껴.

뒤뜰 아지매는 환갑 나이에 생전 처음 장구를 멨다
지. 카센터 아지매는 긴장할까 봐 아침부터 머루주를 권
하는데 아무렴, 우리끼리 즐거우면 족하지. 자진모리 한

---

* 자발없이 : 행동이 가볍고 참을성이 없다는 뜻.

자락이면 호박 딸 걱정은 잊히고 휘모리 한 자락이면 고추밭 설거지 따위 나 몰라라다. 필부필부 처지에 오늘 즐거울 일을 왜 내일로 미루나. 평생을 그렇게 미루며 살았더니 요 모양 요 꼴인데 내일 꽃상여를 타더라도 오늘만은 가락을 타 보세. 옳거니, 조금만 쪽팔리면 인생이 즐겁다지. 자, 제대로 놀아 보세. 덩더쿵 얼쑤!

읍면 단위 7개 팀 중 다섯 번째 팀으로 출전, 준비했던 진도 엉키고 마지막 휘모리 한 판도 빼먹었지만 온몸이 땀으로 흠뻑 젖도록 거방지게˚ 자알 놀았다. 면장도 잡색으로 출연한 타 읍면 풍물패에 비해 준비가 부족했다는, 하나 마나 한 심사평 끝에 법전면 풍물패 '신명'은 무려 상금이 10만 원이나 걸린 장려상 수상. 지화자로구나! 그런데 알고 보니 꼴찌가 장려상이고 그나마 상금도 '온라인으로 입금해 드립니다'라지. 거참, 어절씨구로세!

천지는 가을로 가득하고 가을
은 일거리로 가득하다. 수수며 조는 베어야 하고 땅콩과

• 거방지게 : 매우 푸지다, 걸판지다라는 뜻.

고구마는 캐야 하고 참깨 들깨는 묶어 말려 털어야 하는데 따야 할 사과며 고추는 여전히 조롱조롱하다. '베고 캐고 따고 묶고 털고 말리고'는 기본이고 '옮기고 싣고 내리고 펴고 널고 뒤집고 모으고 담고 쌓고'는 옵션.

그리고 특이하게 '날리고'가 있다. 참깨는 진작 베어 묶어 옮겨 말려 털었는데 '참깨를 털면서' 느끼는 쾌감이란 세상에 다시없는 것이어서 "사람도 아무 곳에나 한 번만 기분 좋게 내리치면 / 참깨처럼 솨아솨아 쏟아지는 것이 / 얼마든지 있을 거라고"* 착각하게 되지만 세상에 '솨아솨아'한 게 어디 있나. '철퍼덕철퍼덕' 아니면 '허우적허우적'이지. 알면서도 참깨 터는 일은 신나고 즐거워서 정신없이 막대기질을 하다 보면 꼬투리며 이파리까지 털리기 마련.

꼬투리, 이파리, 쭉정이가 마구 섞인 검부러기 더미에서 깨를 골라 내자면 성긴 채에 검부러기 더미를 올려 뒤적여야 한다. 뒤적이면 채 아래로 깨가 떨어지는데 깨보다 티끌이 더 많이 떨어진다는 게 문제. '날리고'가 필요한 건 바로 이때다.

● 김준태의 시 〈참깨를 털면서〉 중 일부.

선풍기 바람에 티끌 섞인 깨를 날리면 잘 여문 깨는 앞쪽에 떨어지고 쭉정이며 티끌은 저 멀리 떨어진다. 예전에는 이걸 두고 '부뚜질'이라 했다지. '부뚜'라는 좁고 긴 멍석을 폈다 접었다 하면서 바람을 일으켜 티끌을 날렸다는데 '풍구'조차 골동품이 된 시대에도 '날려서' 깨를 고르는 방법은 부뚜질 시절이나 선풍기질 시절이나 변함이 없다. 생각해 보니 봄부터 '심고, 가꾸고, 베고, 묶고, 옮기고, 말리고, 털고, 날리고' 하는 이 모든 수고가 다 깨 한 톨 먹자고 하는 짓이어서 들어간 품이며 깨 값을 따져 보니 '이깟 깨 한 되 사 먹고 말지' 싶은데 깨를 날리는 일에 열심이던 오마니 한 말씀.

– 사 먹는 깨는 다 중국산이여.

이를테면 소금 장수가 소금 가마니를 지고 고갯길을 넘는데 나무 뒤에 숨었던 도적 떼가 "네 이놈!" 한 꼴이랄까. 몸이고 넋이고 몽땅 도망가 소금만 남았는데 비까지 내려 소금은 녹고 빈 가마니만 너덜너덜한 꼴이랄까.

차를 내리자마자 들이닥치는 도적 떼 같은 소음. 허

이구야, 일단 손으로 귀를 막고 침을 삼키고 큰숨을 쉬며 손을 뗐는데 쎄앵 왼쪽 귀로 들어와서 머릿속을 훅 스쳐 오른쪽 귀로 달아나는 저 소음. 머릿속을 날치기당했으니 백치가 따로 없네. 사람들이 이리 많으니 백치 하나쯤 괜찮겠지만, 아이고 머리야.

소음을 피하려고 들어간 카페에서는 계속 스탠다드 재즈를 트는데 밖의 소음이 크니 볼륨은 더 크다. 아이스커피의 얼음을 귀에다 넣고 싶더라. 화장품 가게에서 나오는 걸그룹 노래와 편의점에서 나오는 라디오 소리에 지나가는 자동차가 콜라보하는 중에 유커들의 볼륨 높은 랩까지. 그야말로 명동 30분에 난 누군가 또 여긴 어딘가 싶은데 돌아보니 나도 서울에서 30년을 살았구나. 그런데 왜 이리 새삼스럽담.

나이가 드니 더 못 견디겠다. 저 엄청난 건물과 저 많은 사람들 그리고 저 거대한 소음. 태풍에 갈참나무 가지가 부러지고 도토리가 다 떨어져도 시끄럽지 않았는데 저 커플의 속삭임에는 귀가 아프다. 진짜 촌사람이 되었나 보다. 생각해 보니 아아, 촌스러, 촌스러!

내 친구 안시봉

오래 못 봐 얼굴 보러 갔지
해는 지는데 호박을 따고 있더군
단호박을 따면서 노을 속에 있더군

단호박은 뜨문뜨문 죄 야구공만 한데
도지 얻은 밭이니 비워 줘야지 어쩌겠나
품을 사서 품값도 안 나오는 수확을 하고 있더군

올해는 다 그렇지 비가 너무 많이 왔지
밭이 물러 트랙터가 빠지고 관리기가 빠지고
우리네 농사도 진창에 빠져서 콩 모종을 엎고
참깨가 무르고 허우적거리다 겨우 몸을 말리고 보니

가을이더군 노을이더군
품값도 안 나오는 수확을 품을 사서 하더군

뭐 언제는 안 그랬나
옥수수망에 단호박을 밀어 넣으며

하우스 고추는 어때 고추값이 그 지경인데 뭔들

올해는 다 그렇지 단호박도 일본하고 그 지경이라

수출길이 막혀서 장사꾼이 안 가져간다네

그러면 엎어야지 품 사서 수확할 일이 뭐 있나

내 모진 말에 내 친구 안시봉 노을 속에 서서 웃더군

가을이잖나.

　　　　　　　　　　태풍이 지나간 아침. 이장님네
나락이 자빠졌다.

　- 다리미로 다렸네 다렸어.

　빗자루로 쓸어 놓은 듯 참 정갈하게도 누웠네. 지난
태풍에 쓰러진 나락을 채 세우지도 못했는데 무슨 태풍
이 가난한 집 제사 돌아오듯 오나.

　세상천지 누운 나락만큼 지랄 맞은 게 없지. 저건 쌀
도 아니고 벼도 아니고 명치쯤 걸려 내려가지도 않는 울
화. 그냥 두자니 내년 봄에 논 삶을 때 로타리에 감길 테
고 베자니 콤바인이 작살날 터. 궁리 끝에 이장님은 사

람을 사서 베기로 했는데.

설라무네 외국인 노동자들 품값이 인당 8만 원이면 80만 원. 질퍽거리는 논에 그냥 들어갈 수 없으니 물장화 10켤레에 10만 원. 손으로 베자면 낫도 있어야겠네. 5만 원. 남기자고 하는 타작이 아니어도 속이 끓는데 인력회사 쪽에서는 인부들이 힘들어 안 하려고 하니 담배 한 갑씩 사 달랬다지.

- 뭐어 담배? 논 700평 소출이라야 100만 원이 빠듯한데 뭐어 담배? 까짓 논 엎으면 그만이지. 농사가 아무리 답이 없어도 담배까지 사 주면서 굽신댈 일이냐고.

담배 농사 덕대질°까지 한 양반이 그깟 담배 한 갑이 문제일까. 비는 사흘돌이로 오고 고추 꼭지 물러 빠지듯 농사일도 자꾸 물러 빠져서 여기도 진창, 저기도 구렁이니 갑갑하고 억울해서 그렇지. 이장님네 쓰러진 나락을 보고 오마니가 혀를 차시며 하시는 말씀.

- 저건 일반미도 아니고 정부미도 아니고 니기미지, 니기미.

• 덕대질 : 광산 임자와 계약을 맺고 광산의 일부를 떼어 광부를 데리고 광물을 캐는 일을 함. 여기서는 담배 농사를 그런 식으로 한 적이 있음을 일컫는다.

가을이니 거두어야지. 시작은 미약하였으나 끝은 창대한 작물, 조. 심을 때는 하도 작아 저게 곡식 꼴이나 될까 싶었는데 이 가을, 혈통 좋은 진돗개 꼬리 같다. 멍멍. 아니지, 조조!

대추씨를 물면 30리를 간다지. 그렇게 몸에, 특히 남자에게 좋다는데 생대추를 배가 부르도록 먹은 나는 왜 해만 지면 쓰러지나. 여보, 미안.

호박잎이 삶겼다. 단호박이야 맛있다지만 단호박잎은 먹지도 않으면서 삶긴 왜. 가을이라 그렇지. 서리 맞아 풀썩 내려앉은 잎더러 여긴 다들 '삶겼다' 하지. 얼음으로도 잎을 삶는 가을의 힘.

귀가 질긴 고추는 질색. 들어 올리기만 해도 똑 따지는 고추는 '귀가 얇은' 고추, 한 손으로 줄기를 잡고 한 손으로 고추 꼭지를 당겨야 겨우 따지는 고추는 '귀가 질긴' 고추. 올해의 고추는 쇠심줄 귀를 가진 고추. 고추 따다 팔이 다 아프긴 처음.

가물어 가을이라나. 얼마나 가문지 밤송이가 벌어지기도 전에 떨어진다. 예년에는 알밤만 주워도 두어 가마니였는데 올해는 일일이 밤송이를 까게 생겼구나. 앓느니 죽지. 대충 줍고 포기. 밤 가시에 찔려 보라지. 실연당한 것처럼 두고두고 아프다니까.

하기야 가을엔 원래 아프지. 일은 많고 해는 짧은데 마음은 또 급해서 허둥지둥 엄벙덤벙 갈피 없이 나대다 집에 오면 철퍼덕. 에고고, 나 좀 누울게. 여보, 미안.

무서리가 내린 아침. 장독대가 하얗다. 마른 깻단을 옮겨다 불을 놓고 시린 손을 녹여 가며 마지막 고추를 따는 10월의 골짜기는 겨울 문턱의 만추.

서리가 내렸으니 호박잎은 풀썩 주저앉겠지. 머위잎도 마찬가지. 열매만 단단할 뿐 속은 물러 터진 호두나무도 이제는 잎을 내려놓을 때. 가을은 깊고 깊어서 골짜기의 모든 생명이 잎을 떨구고 가지를 끌어안으며 몸을 추스르는데. 한심하여라, 조며 콩은 손도 못 댄 채 수수를 겨우 거두었다고 좋아라 하는 이 얼치기를 농부랍시고.

그래도 종일 고추를 따다 돌아가는 저녁은 고단하여라. 허리는 뻐득뻐득하고 팔다리는 뻐근뻐근한데 거참 별일이지. 저녁 추위에 떨고 있던 대추나무가 괜찮냐고 묻는다. 무서리쯤 별것 아니니 조바심 내지 말라는 저 서리태콩을 보라지.

꽃이 피거나 잎이 지거나 모른 척 밥벌이에 몰두했지만 정작 그 밥이 퍽퍽해서 자주 목이 메던 저녁이 있었다. 돌아가면 텅 빈 방, 밥벌이의 고단함은 너나 모두 마찬가지여서 각자 고개를 숙이고 묵묵히 밥을 먹던 저녁이 있었다. 포장마차의 불빛조차 황홀했으나 골목길을 돌면 내 그림자만 길게 늘어지던 퇴근길은 늘 낯설었는데. 서울의 저녁은 그저 외롭고 쓸쓸하고 스산했었지.

종일 고추를 따다 돌아가는 저녁. 산 그림자는 벌써 오스스하고 멀리 서쪽 하늘은 노을로 사위는데, 이상하여라, 울컥 눈시울이 뜨겁다. 일을 마치고 돌아가 손을 씻고 밥 한 끼를 먹는 이 단순하고 오래된 저녁이 주는 위안이라니. 아무렴, 사는 건 별게 아니지. 밭일을 마치고 흐린 국 한 그릇을 가족과 나누는 일이지. 그리하여 저무는 모든 풍경이 내 초라한 노동을 위무하는 저녁. 고마워라, 농부 아니면 죽어도 알지 못했을 저무는 늦가을의 뜨거운 위로.

- 여보세요. 잠깐만…(다다다 닥)…헥헥…사과…헥헥…땄냐? 하악하악…(이번 역은…)

　　배경음만으로도 퇴근길 지하철을 우사인 볼트처럼 달려서 문 닫히기 전에 막 탄 줄 알겠으나 그 전화를 나는 잠결에 받았다는 게 문제. 전화를 받으며 시계를 보니 8시 50분. 어이 서울 사는 친구, 10월의 폭설 소식이라면 몰라도 때 되면 보내 줄 사과 안부를 묻기에 8시 50분은 너무 오밤중이잖아!

　　해만 지면 공습경보 내린 바그다드가 되는 시골인지라 저녁 먹고 누우면 8시 반. 몸이 고된 가을이어서 머리가 닿자마자 기절인데 잠이 깨 생각해 보니 서울은 아직 초저녁. 나는 꿈나라인데 친구는 겨우 퇴근이구나.

　　서울 야경에 감탄하는 외국인에게 "저 불빛은 야경이 아니라 야근"이랬다지. '저녁이 있는 삶'이 '못 살겠다 갈아보자'만큼 강력한 선거 구호가 되는 나라에서 저녁을 아이와 함께 먹는 호사를 매일 누리는 직업을 갖고서야 알겠다. 이게 정상이지.

　　다락같은 전세금에 쫓겨 외곽으로 내몰렸다 하면 퇴근길 한 시간 반. 칼퇴근해도 저녁이 있을까 말까 한데 상사는 늘 퇴근 직전에 보고서 올리래지. 사흘돌이 회식은 매번 삼겹살인데 야 이 부장님아, 나는 채식주의자라고. 제발 집에 좀 가자!

엉덩이를 디밀었으나 결국은 튕겨져 지하철을 못 타고 못 탄 김에 에라 모르겠다 설렁설렁 살아도 뭐 어쩌려고, 귀농해 돌아보니 서울은 나 없이도 잘만 돌아간다. 서울은 친구에게 맡겨 놓고 나는 이곳 가을 깊은 골짜기에서 콩 심은 데 콩 나고 팥 심은 데 팥 나는지 확인하면서 살아야지 싶은데 어이쿠, 농사를 너무 설렁설렁 지었구나. 저게 그래도 명색이 콩밭이며 팥밭인데.

짜장을 볶으며 생을 보내도 좋겠다.

두 달째 고추를 따고 씻고 말리느라 몸은 가마솥에 졸여진 조청 같은데 이렇게 몸을 쥐어짜며 버는 돈이라야 내년 농사 밑천도 안 되는걸. 농사의 가치는, 노동의 가치는 얼마큼일까. 개 같은 세상이라고 욕을 했대서 개 주인들이 명예훼손으로 나를 고소한다면 고추를 팔아도 변호사를 살 수 없을 딱 그만큼.

왜 힘들고 고되고 위험한 노동일수록 헐한 것일까. 연

탄 한 장에 담긴 노동의 총량은 분명 pneumonoultrami
croscopicsilicovolcanoconiosis˙ 병명을 외우는 데 드는 에
너지를 능가할 텐데, 왜 광부는 가난하고 가난은 캘수록
깊어지는 막장 같을까. 몸으로 만드는 가치가 가만히 서
있는 아파트값 오르는 속도를 따라가지 못하는 세상이라
면 이깟 고추 따위, 이깟 추수 따위.

　그러니 짜장을 볶는 생도 좋겠지. 춘장은 사자표, 기
름은 라드. 벤츠는 사절, 트럭은 OK인데 옷에는 흙이나
먼지나 최소한 풀씨라도 묻어 있어야 입장 가능. 짬뽕을
시킨다면 돼지고기를 볶아 낸 육수에 칠게로 만든 비법
수프를 얹어 내지. 이곳에서는 오로지 내가 오늘 얼마나
많이 몸을 부렸는지, 그래서 그 허기가 얼마나 대단한지
를 증명하는 일로 값을 치르고 짜장 한 그릇이 주는 위
로를 찬양하는 것으로 외상을 달지. 화폐 따위는 어차피
헛것. 냅킨으로도 못 쓰는 뻣뻣한 종이 따위 저 기름지
고 들큰한 국수 한 그릇과 맞바꿀까.

　그러니 고추를 따는 생보다 짜장을 볶는 생이 조금

● 뉴모노울트라마이크로스코픽실리코볼케이노코니오시스 : 주로 화산에서 발
　견되는 아주 미세한 규소 먼지를 흡입하여 허파에 쌓여 생기는 만성 폐질환.
　진폐증.

은 더 보람되지 않을까 싶은 와중에, 문득 단무지를 두 개씩 먹는 누구 때문에 적자가 날지도 모른다는 참 조심스러운 걱정. 당연히 물은 셀프.

사과를 딴다. 사람 없는 골짜기, 간밤은 영하 5도였다지. 이제 겨우 11월인데 마당 수돗가에는 겨울이 와 있다. 수도꼭지가 꽁꽁. 손을 녹이고 따야겠구나. 군불부터 넣고.

꽃이 많았으니 사과도 많다. 솎는다고 솎았으나 워낙 꽃이 많이 온 탓에 큰 사과가 드물다. 농부된 처지에 열매를 솎는 손이 아주 매정하기는 힘들어서 이놈은 이래서 달고 저놈은 저래서 달고 그렇게 솎지 못하고 달아둔 사과가 조롱조롱. 돈이 되는 큰 사과를 생산하자면 드문드문이어야 하는데 마음 헤픈 농부의 사과는 조롱조롱이다.

대체로 그렇지. 드문드문 달린 몇 놈만 크고 비싼 상품이 되고 조롱조롱 매달린 대다수는 천덕구니. 드문드문과 조롱조롱 사이 나는 어디쯤인고. 생각해 보니 드문드문은커녕 매달리지도 못하고 솎인 처지였네. 열매를 숨을 때 자꾸 남겨 두고 싶더라니.

그리하여 따야 할 사과가 천지삐까리. 위안이 되는 사실은 일이란 게 하려고 해서 되는 게 아니라 하다 보니 되더라는 것. 하다 보면 되겠지. 이제 겨우 서리가 내렸으니. 눈이 오려면 아직은 한참.

서리가 내린 아침. 화톳불을 놓아 손을 쬐며 서리가 녹기를 기다리지만 햇살이 닿기 전까진 택도 없지. 아직 희부여니 날도 채 밝지 않았는데 화톳불 타는 소리만 타닥타닥.

사과 따러 와서 일은 못 하고 불만 쬐고 있어서 우예 니껴. 서리 앉은 사과를 만지면 손자국이 생겨서 따도 못 하고. 서리야 올만 해서 오는 거니까 사과도 딸만 해야 따는 거지요. 주인보다 일꾼들 마음이 더 급하거나 말거나 서리 맞은 호두나무 잎만 후두둑후두둑.

그렇지. 떨어질 것은 떨어지고 딸 것은 따야지. 겨울을 견디자면 잎 같은, 한때는 세상의 전부였으나 이미 지나가 버린 여름의 눈부심 같은 것은 다 버려야지. 군색하고 구차한 것은 대체로 된서리 한 번이면 풀썩 내려

앉는 법.

겨울이 오기 전에 허섭스레기는 다 떨구고 경건하고
앙칼진 정신의 졸가리만 남겨야지, 했으나 해는 떠도 너
무 늦게 뜨고 서리는 녹을 생각을 않고 사과는 나무에
기를 쓰고 매달려 있는데 어휴, 저 호박은 또 어쩐다. 엊
그제 추위에 얼어서 먹지도 못하는, 미운 놈 얼굴 같은
저 호박.

어둠이 온다. 골짜기 아래 삼
밭을 건너 무논을 지나 성큼 호박밭을 건너고 대뜸 전봇
대를 넘는다. 삽 씻을 틈도 없이 오는 어둠에 놀라는 건
늘상이지만.

서리가 온다. 거름 더미에 오줌 누는 사이 목덜미에
내리는 한기. 바지춤을 추스르다 고개를 들면, 하이고야,
까마득한 별빛.

이제 곧 겨울이 오는데, 배추도 거두어야 하고 마늘
밭도 장만해야 하는데 별은 어쩌자고 저렇게 멀리서 환
하냐고.

어디론가 흘렀으면 좋겠다. 저 별이 흘러 닿는 어디쯤.

여기 씨값도 안 나오는 호박밭 말고, 여기 품값도 안 나오는 고추밭 말고, 저기 별이 흘러 닿는 어디쯤.

밭설거지는 나 몰라라 들깨 타작 따위 아무려나. 저토록 까마득할 수만 있다면, 저 별처럼 흘러 어쩌다 깜빡거리면서 가끔은 반짝거리면서.

사과 농사 7년 차. 전지를 하고 적과를 하다가 "그 꾹 다문 입을 이제는 좀 열 때도 되지 않았니"라며 나무에게 애정을 구걸하는 스스로에 흠칫 놀랐다. 여보, 미안해.

사과나무는 늘 그렇듯 묵묵부답. 조용히 꽃을 피우고 꽃을 떨구고 가끔 직박구리에게 가지를 내어줄 뿐 애달픈 내 심사 따위는 알 바 아님. 짝사랑이 그렇지. 혼자 끓다가 혼자 식는 법이기로서니 내가 저한테 해 준 게 얼만데. 거름 주고 벌레 잡고 볕에 익을까 바람에 쓰러질까 노심초사 고군분투. 그래도 콧대만 높아라. 야! 니가 잘났으면 얼마나 잘났어?

하여 '네까짓 게' 싶은 심정으로 사과 뒤를 캤더니 역시나 근본이 없구나! 콩가루 집안이로세. 콩 심은 데 콩

나고 팥 심은 데 팥 나는데 사과 씨를 심으면 사과가 안 난다지. 사과 대신 체리만 한 돌사과가 열리는데 시고 쓰고 떫기가 세상 으뜸. 그냥 두면 아파트 3층 높이쯤 자라니까 그깟 돌사과를 따겠다고 덤볐다가 낙상하면 억울하기도 으뜸.

근래의 사과나무는 또봇 마스터V 같은 3단 합체품. 일단 뿌리는 해당나무. 흔히 아그배나무로 불리는 삼엽해당의 뿌리 위에 키가 안 자라는 성질의 대목을 접붙이지. 나무가 크면 일이 많고 위험하거든. 7단 사다리 위에서 떨어지고 나니 사과 농사 따위 오만 정이 다 떨어지더라. 키 작은 사과나무는 그야말로 생존의 과제였던 것. 오로지 작게 자라는 성질만을 연구해 개발한 나무가 이른바 왜성대목인데 이 왜성대목 위에 다시 홍옥이니 부사니 하는 각각의 사과 품종을 접붙이는 거지. 정리하자면 '아그배 뿌리+왜성대목+사과 품종'하여 3단 합체. (자근묘는 2단 합체라는 태클 금지. 개념이 그렇다구!)

수박도 그렇지. 다들 흥부네 박에서 쏟아진 금은보화에 넋을 빼앗길 때 눈 밝은 학자들은 그 박 뿌리가 가진 왕성한 생명력에 주목했던 것. 우리가 먹는 수박은 대부분 박 뿌리에 수박을 접붙인 접목묘에서 생산되는데 그렇기에 그토록 큰 수박을 얻을 수 있는 게지. 게으르기만 하면 수박과 박을 한 뿌리에서 얻을 수도 있고. 복숭아며 배, 자두 등 우리가 먹는 대다수의 과일은 다 비슷하지. 복숭아를 먹고 그 씨를 발아시켜 복사꽃을 피워도 열리는 건 떫고 까끌까끌한 개복숭아라는 말씀.

이러니 내가 사과더러 근본이 없다지. 자식은 홍옥인데 그 아비는 돌사과고 그 할애비는 아그배인 그런 내력 말이지. 이 가지엔 아오리, 저 가지엔 홍옥, 접만 잘 붙이면 한 나무에 10가지 사과도 가능한 참 근본 없는 종자인데 말이지. 그런데 말이지 짝사랑이란 게 하아, 얼마나 외골수인가 말이지. 내 근본도 미천하니 근본이야 있고 없고 님 향한 일편단심 이제는 좀 알아주련만 어쩌자고 여태 말 한마디가 없냐 말이지. 제발 그대 말을 좀 해 주오.

오랄 때는 아니 오시던 비가 뜬금없이 오시더니 당최 가실 생각을 않는다. 오랜만이라 반갑더라도 잔치 끝난 뒤에 오시는 오촌당숙은 아무래도 덜 반갑지. 며칠째 지척지척. 일은 많고 생각나느니 막걸린데 그 맛나다는 국순당 옛날막걸리를 사려면 차 타고 40분.

그리고 보니 들에, 저 빈 들에 비가 온다. 쌀값이 똥값이라 내년에 밭 만든다는 경배네 논에도 비 오고 무릎까지 빠져서 일일이 낫으로 베었다는 상호네 무논에도 비가 온다. 비는 와야지. 오는 비는 와야 하는데 하필이면 오시는 때가 만추.

이곳엔 봄 여름 가을 겨울에 더해 만추라는 계절이 있지. 서리가 내린 후 눈이 올 때까지. 가을도 아니고 겨울도 아닌데 비 한 번에 옷 한 겹인 계절. 잎은 지고 감만 남았다가 까치밥마저 절로 익어 떨어지는 그 짧은 기간. 비가 오면 만사가 다 궂다.

짚을 거둬야 하는데 젖은 짚은 딱 술 취해 개 된 김부장. 젖은 장작을 때자면 매운 연기가 온 마을을 덮지. 밭설거지 하느라 젖은 비닐을 걷노라면 도로 서울 가고 싶어진다니까. 겨울 준비를 하자면 배추도 뽑아야 하고 마늘이라도 심으려면 땅이 말라야 하는데. 아우 진짜, 궂다 궂어. 왜 하필이면 만추에 비가 오냐고.

날은 으스스. 궁시렁궁시렁. 그래도 다들 그저 궁시렁

델 뿐 그만 오시라고는 차마 말을 꺼내지 않는다. 얼마나 고마운 비인데. 얼마나 눈물겨운 비인데. 그걸 모르면 농사꾼이 아니지.

그나저나 근배형님, 아무리 날 궂어 일이 밀려도 그렇지. 사과 잎에 단풍이 들도록 매달려 있는 저 사과는 어쩌실 거요.

가끔 홍옥을 찾는 분이 있다. 선술집 이름 같은 이 사과를 아는 이들은 최소한 중년. 국광까지 아신다면 70년대에 '국민학교'를 다니셨겠지.

그런 사과가 있었다. 국광, 골덴, 스타킹, 인도. 다 익어도 푸른데 이가 아프도록 단단한 과육을 가진 인도사과의 그 강렬한 단맛이란!

세계일이라는 사과도 있었지. 아이 머리만 한 크기의 사과가 맛없기는 세계 제일. 잼 같은 가공용으로만 소비되다 큰 게 다 좋은 건 아니라는 교훈을 남기고 사라졌다. 산사, 양광, 선홍, 홍금. 품이 많이 들거나 병해에 약해 사라졌거나 사라질 만해서 사라진 사과. 미국에 있다는 매킨토시를 먹어 보고 싶긴 하더군.

그리고 부사(변이종으로 미얀마, 미시마, 미야비, 챔피온, 후부락스 등 지나치게 많음). 부사가 우리나라 사과 재배 면적의 60퍼센트를 차지하는 이유는 단 한 가지. 저장성이 좋기 때문. 가을에 수확해 이듬해 여름까지 저장할 수 있는데 맛도 나쁘지 않으니 다들 홍옥 뽑은 자리에 부사를 심었지.

문제는 '나쁘지 않은' 맛의 편차가 너무 크다는 것. 재배 방법, 기후, 입지에 따라 세계일보다 맛없기도 하고 양광보다 맛있기도 한데 전체적으로 맛이 하향평준화되는 건 가격을 결정하는 기준이 맛이 아니라 색과 크기여서 그렇지. 크고 선명하게 붉기만 하면 좋은 값을 받으니 다들 비료를 주어 크기를 키우고 잎을 따 색을 내는 거지. 비료가 과하면 질깃한 식감이 나고 잎을 따면 당도가 떨어지지만 그게 무슨 대수랴. 공판장에서는 맛 따위 알아주지도 않는 걸.

농산물을 공산품 취급하면 농민들도 사과를 공산품처럼 키우기 마련. 사과에서 물 탄 화채 맛이 난다구요? 에이, 맛있는 사과를 원하시면 공장에 가셔야죠.

통조림 사과를 먹기는 싫었던 학자들이 야심 차게 개

발한 사과가 있는데 나름 설득력이 있다. 감홍. 특유의 사과향도 좋지만 달고 아삭하다. 과육이 단단해서 저장성도 좋은 편. 맛본 이들이 다른 사과는 못 먹겠다 하여 수요가 공급을 초과하지만 재배 방법이 까다롭고 까탈스러워 부사처럼 흔한 사과가 되기는 힘들 예정. 당연히 비싸겠지. 싸고 맛있는 게 세상에 어디 있나.

경북농민사관학교 마을공동체 과정 일본 연수. 굳이 일본인 건 이농과 고령화로 농촌 마을이 무너지는 과정을 우리보다 먼저 겪었기 때문이다. 무너졌으되 들판이 가득 찬 비결을 배우러 간다. 가기 전에 밀린 택배며 가을걷이를 매조지*하려다 30년 만에 코피가 터지더라.

오사카공항이 어드메뇨. 비행기에서 겨우 내렸는데 내리자마자 어디론가 실려 간다. 가는 길만 2시간. 대구공항에 내려 봉화까지 끌려온 셈인데 와서 보니 작은 마을 국도 변의 직판장. 농민은 생산물을 내고 마을 주민

• 매조지 : 일의 끝을 단단히 단속하여 마무리하는 일.

과 오가는 여행객은 일부러 들러 농산물을 산다. 미치노에끼. 국도 변의 휴게소가 직판장을 겸하고 여행객은 굳이 그 지역의 미치노에끼에 들러 지역 농산물을 산다.

'大介', 저 이름의 농부를 알지 못하지만 저 감귤에 담긴 사연쯤 짐작하고도 남지. 2월 말쯤 전지를 했겠고 전지를 하다가 더러 가시에 찔렸을 테지. 7월 더위에 적과를 하다가 땡볕 아래 서 있는 스스로에게 '바가야로'를 백 번쯤 중얼거렸을지도.

농사가 고된 건 일본이라고 다를까. 다만 일본은 탄탄한 내수시장이 있고 자국산을 굳이 소비하는 측은지심과 소비할 수 있는 경제력이 있는 거겠지. 농촌의 수탈 가능한 모든 자원을 뽑아다가 서울의 기둥으로, 서까래로, 들보로 삼았던, 그래서 나라 안의 또 다른 식민지였던 우리네 농촌을 생각하면 일본이 부럽다가도 이 모든 사태가 일제 식민 지배에서 비롯되었다 생각하면 日本の人が嫌い.

생각보다 일본은 크다. 생각보다 일본은 들이 넓고 생각보다 일본은 잘사는데 생각만큼의 일본인지는 말 타고 지나며 수박 겉핥기로 보는 게 전부라 알 수 없다.

알 수 있는 건 일본의 농촌은 늙었고 늙었으므로 늙어야 겨우 얻는 지혜를 짜내 버티고 있다는 것.

일본은 우리보다 앞서 쌀 팔고 콩 팔아 자식들 서울 보내고 농촌에는 늙은이만 남았는데 자식들은 부모가 늙거나 말거나 농토가 묵거나 말거나 도쿄의 나인투파이브가 좋다지.

저 넓은 들을 차마 비워 둘 순 없어라. 늙은 지주들은 땅을 내고 조합을 만든 뒤 농사지을 일꾼을 고용했지. 집락영농. 영농에 관심 있는 젊은이는 농사짓는 샐러리맨이 되어 마을 농지를 경작하는 형태.

여의도만 한 땅을 젊은이 둘이 농사짓자면 트랙터, 콤바인 아니고는 답이 없지. 모내기 아니라 직파를 하고 모형 헬기로 방제를 해도 농기계값 감가상각이 빠듯하다지.

농사는 언제나 흑싸리 껍데기 취급이었다. 휴대폰 하나 더 팔자고 쌀을 내주고 자동차 한 대 더 팔자고 소를 내줬지. 그래 놓고도 경쟁력을 갖추라며 6차 산업 타령이다. 사과 농사를 지었으니 애플파이를 팔아야 한다고,

그냥 팔면 안 팔리니 사과 따기 체험을 겸해야 경쟁력이 생긴다고, 사과 농사는 1차 애플파이, 2차 체험 서비스, 3차 해서 더하나 곱하나 6차니까 농업이 미래의 6차 산업이라는 참 아름다운 농정의 시대에 촌구석 흑싸리 껍데기로 살자니 후지산 같은 울화가 치미누나.

그 아름다운 6차 산업의 원조가 이곳이지. 찹쌀 농사를 지어서 지역 초등학생을 불러다 모찌떡을 함께 만드는 풍경이야 참 6차스럽겠지만 그 아이들은 결코 농촌으로 돌아오지 않을 테다. 숫자 하나 바꾸는 성의도 없이 6차 산업을 들여왔으면 베끼기라도 잘해야 하는데 행정 당국은 모 심어 놓고 뒤돌아서서 비선택성 제초제를 논물에 풀고 있다.

지속 가능한 농촌, 지속 가능한 공동체 구호는 그저 말뿐. 초등학교를 통폐합하더니 이제는 중학교도 기숙형으로 통폐합한다. 학교가 없는 마을이 어떻게 지속 가능한가? 내심 정부가 원하는 건 농사만으로 생존이 가능한 대농 한두 명. 마을 따위 사라지거나 말거나 공동체 그깟 거 무너지거나 말거나. 비효율적인 것은 몽땅 빨갱이 취급하며 이룩한 현대사 아니더냐면서.

모르겠다. 확실한 건 농사는 내내 가망 없었고 지금도 가망 없으며 앞으로도 내내 그럴 거라는 사실. 저 집락영농의 노인들마저 사라지고 나면 결국 기업이, 자본이 경자유전의 원칙 따위 사뿐히 즈려밟으며 저 들판에 씨를 뿌릴 거라는 사실. 그리고 나도 늙을 테고 점점 팔다리 허리 어깨 무릎이 쑤시고 결리다가 결국 가만있어도 비명이 나오도록 아플 거란 건 확실하지.

그러니 해 봐야지. 더 늙고 아프기 전에. 뭘 해야 할지는 알 수 없지만 그래도 애써 봐야지. 저 노인들이 가고 나면 바랭이 잎을 뽑아 돛단배 만드는 법을 누가 가르쳐주겠나. 뭘 해야 할지는 알 수 없지만 언제 우리가 비 든 구름을 알고 호박 심은 건 아니니까.

                              연탄을 들이고 무를 뽑았다.
오마니의 월동 채비.

겨우 석 달 전 폭염을 생각하면 저 무밭을 하얗게 덮은 서리는 천재지변 같은데 겨울이 오는 속도보다 빠르게 오마니가 늙으셨네.

– 장작은 젊어 기운 있을 때 얘기지.

처마 아래 장작이 그득하면 쌀독이 비었어도 부자만 같았다는 오마니는 쌀독 한번 가득 채우지 못하고 서리처럼 늙으셨네. 아궁이였다가 연탄이었다가 기름보일러가 다시 연탄보일러로 바뀌는 사이 오마니는 무릎을 인공으로 바꾸고 어깨연골을 뺐으며 목에는 철심을 박으셨지.

– 뽑아 보니 많네. 나눌 데 나누고 그래도 남으면 팔아야지.

경로당에 두 단, 방앗간에도 한 단. 미장원에 한 단, 무선사 한 단, 하드네 한 단. 지나가던 아곡댁도 한 단. 이 집 저 집 나누어도 남아 버스 정류소에 전을 폈지.

– 어허, 쓸라믄 옳게 써야지. 무 다르고 무우 다르고 무시 다르고 무꾸 다른데 우리야 무꾸지.

무와 무꾸 차이가 부추와 정구지 차이만큼인지는 모르겠으되 시골 살림이란 게 김장거리쯤 길러 먹는 게 보통이니 아마 저 무꾸는 팔리지 않을 테고 오마니는 지나가는 아지매들에게 또 나누시겠지.

– 그나저나 어제 무꾸 갖고 간 아곡댁이 밤새 죽었다는구나. 무꾸나 한 단 더 줄 걸.

오마니가 더 늙어 보이는 아침. 시리 맞은 채 서 있는 김장 배추는 어쩌자고 저렇게 푸른가.

첫눈이다. 첫눈인데

첫사랑 같지 않고 첫 입맞춤 같지 않고

설렘 없이 망설임 없이

온다. 와도 아주 펑펑이어서

혼수로 들여와 30년쯤 썼더니

솜이 죽고 깃이 날긋날긋해진 이불마냥

능란하게 세상을 덮는다.

첫눈이 왔는데, 첫사랑 같은
첫눈이 왔는데, 함께 오던 농한기는 계속 연착 중. 산 같
은 사과 더미를 앞에 두고 농한기는 무슨. 집집마다 쌓아
놓은 사과를 두고 끙끙 앓고 있다. 사과금이 작년하고는
영판 다르네. 우예니껴 꽃이 한정 없이 왔는데. 사과금뿐
인가, 쌀값도 없고 콩값도 없고 올 농사 마카 똥값일세.

언제는 안 그랬으랴만 올해는 유난하다. 감자 300평
한 마지기에 70만 원. 들어간 밑천만 60만 원인데 상인이
준다는 감자값은 70만 원. 영재형님 단호박 농사는 백미.
일곱 마지기 2,100평에서 수확한 게 8톤. 작년에는 900원
이더니 올해는 킬로당 500원, 해서 400만 원. 그런데 혹

벌레가 들었을지 모르니 미리 10퍼센트를 감량하면 360만 원. 여기다 작은 호박은 안 가져간다 해서 320만 원. 거기다 들어간 씨값이 90만 원이고 거름값이 100만 원이니까 설라무네 계산하면 내 손에 130만 원 남는구나. 가만, 비닐 값은 아직 계산도 안 했는데.

논농사는 진작 가망 없었고 밭농사도 글렀으니 과수농사밖에 없구나 해서 조선 팔도가 몽땅 과수원인데 사과꽃이 벚꽃처럼 피었으니 사과금이 좋을 리가. 이 와중에도 신묘한 것은 사 먹는 서울 사람들은 제값 다 주고 사 먹어야 한다는 것. 전세금 올려주고 나면 사과 사 먹을 돈이나 있을까 싶지만.

양파값이 좋대서 양파를 심으면 양파를 수입하고 마늘값이 좋대서 마늘을 심으면 마늘을 수입하고 하다못해 단호박이 괜찮대서 단호박을 심으면 통가라는 희한한 국가의 단호박까지 찾아내 수입하는 나라의 농민으로 사는 일은 고달프다. 쌀에 휘발유를 붓고 일흔 농부가 물대포에 쓰러져도 나몰라라, 반도체 수출하자고 농산물시장부터 내주는 정부를 보면 솔직히 좀 겁이 난다. 견딜 수 있을까. 버틸 수 있을까.

하는 수 없지 당분간은 각자도생, 각개전투. 일단은

저 사과부터 팔고 나서. 살아남고서야 첫사랑이든 첫눈
이든 있지. 농한기는 개뿔.

어쩌다 농부

초판 1쇄 발행   2020년 9월 9일

지은이   변우경
펴낸이   김영범

펴낸곳   ㈜북새통 · 토트출판사
주 소   03938 서울시 마포구 월드컵로36길 18 삼라마이다스 902호
대표전화   02-338-0117
팩 스   02-338-7160
출판등록   2009년 3월 19일 제 315-2009-000018호
이메일   thothbook@naver.com

ⓒ 변우경, 2020
ISBN   979-11-87444-59-6   03810